동주와 반 고흐
영혼의 시화전

윤동주 전 시집과
반 고흐 그림 138점

동주와 반 고흐
영혼의 시화전

윤동주 글
빈센트 반 고흐 그림

스타북스

시는 그림이 되고
그림은 시가 된다

2025년은 광복80주년이자 윤동주 시인이 서거한지 80주년이 되는 해로 국내외에서 시인에 대한 추모행사가 줄을 잇고 있다. 윤동주가 다녔던 일본의 도시샤대학에서는 '죽은 사람에 대한 명예학위 증정'이라는 예외 규정까지 만들어 학장단 회의에서 열여섯 분 전원 찬성으로 서거일인 2월 16일에 명예박사 학위를 수여하기로 했다. 고하라 가쓰히로 도시샤대학 총장은 "우리는 자유를 탄압하는 군부에서 윤동주를 지켜내지 못한 분함이 있다. 명예박사 학위는 그를 기억하기 위한 것"이라고 했다. 윤동주 시인은 80주년이 아니더라도 이미 한국, 일본, 중국은 물론 미국, 유럽 등 전 세계의 수많은 단체에서 추모하는 세계적 시인이 되었다. 따라서 날이 갈수록 인기를 더해가는 윤동주 시인의 추모 열기는 2025년에 최고에 달할 것이다.

또한 반 고흐는 지금 예술의전당 한가람미술관에서 대표작 70여 점을 전시하고 있다. 이 전시는 반 고흐 전시답게 뜨거운 열기 속에 108일간 열린다. 고흐는 살아생전에 그림이 팔리지 않아 고독과 빈곤 속에서 살았지만, 그가 세상을 떠나고 나서야 작품성이 인정돼 현재는 전 세계인들에게 가장 많은 사랑을 받고 있는 작가로 우뚝 서 있다.

이 책『동주와 반 고흐 영혼의 시화전』은 시대를 넘어 영혼과 정서가 너무 닮은 두 천재의 문학과 예술이 만나 시화전을 펼치는 내용으로 시는 그림이 되고, 그림은 시가 된다. 시화전에는 윤동주의 전 작품 124편과 반 고흐의 그림 138편을 담았다. 두 사람의 작품 속에 담긴 별, 자화상, 고향, 해바라기, 그리움, 부끄러움, 그리고 희망과 자아성찰의 영혼은 너무 닮아 같은 시대, 같은 공간의 사람처럼 느끼게 한다.

자화상은 자기가 그린 자신의 초상화를 말한다. 동주는 자신의 모습을 자화상이라는 제목으로 시를 썼다. 이 시는 동주가 연희전문학교 재학 때 쓴 시로 일제 강점기라는 암울한 시대의 현실 속에서 부끄럽게 살아가는 자신의 모습을 거울에 비처 보듯, 우물을 들여다보는 행위를 통해 자아성찰의 상징적 공간으로 활용하는 자신의 내면을 형상화하고 있다.

빈센트 반 고흐는 특히 자화상을 많이 그렸는데 '귀에 붕대를 감은 자화상'은 병원에서 동생을 안심시키기 위해 그린 것이다. 고흐는 걱정하는 동생 테오에게 "편지보다는 초상화가 내 상태를 더 잘 보여줄 거라고 믿는다."며 이 작품을 완성하였다고 한다. 그의 자화상은 자신의 상처와 고통을 있는 그대로 보여주면서도 이에 굴복하지 않고 창작에 대한 열정이 그의 눈빛에서 드러나 있는 것을 볼 수 있다.

윤동주의 시집은 그가 죽고 3년 뒤 1948년 정음사에서 『하늘과 바람과 별과 시』가 윤동주 시집으로는 최초로 출간되었다. 이 시집에는 윤동주가 후배인 정병욱에게 맡긴 19편과 릿교대학에서 친구인 강처중에게 편지와 함께 보낸 5편과 그 외 7편을 더 찾아 총 31편이 실려 출간된 시집이다.

그 후 1955년 정음사에서 윤동주 서거 10주년을 기념해 『하늘과 바람과 별과 시』 증보판이 나왔다. 증보판에는 초판본에 더해 시와 산문 62편이 추가되어 총 93편이 실렸다. 추가된 시와 산문은 1948년 12월 윤동주의 여동생 윤혜원이 서울로 남하하면서 고향 집에 있던 오빠의 모든 원고와 즐겨보던 책 등 유품을 가지고 오면서 공개된 작품들이다. (당시 윤혜원은 감시가 심해 사진 앨범은 가져오지 못했다. 잘못하면 감시원에 발각되어 소중한 원고까지 빼앗길까 봐 앨범은 나중에 찾을 계획으로 친척집에 보관해 둔 채로 왔는데 사정이 생겨 찾지 못했다. 윤혜원은 두고두고 이를 아쉬워하며 가슴 아파 했다고 한다.)

그리고 1979년 정음사의 마지막 증보판에는 윤혜원이 용정에서 가져온 시들과 새로 발견된 윤동주의 작품 중에서 그동안 진위 여부를 가리기 위해 수록을 보류했던 23편이 추가되어 116편이 되었다. 이후 정음사가 없어지고 2017년 윤동주 탄생 100주년을 기념하여 미완성이거나 원고에서 삭제 표시한 시를 포함해 기존 윤동주 시집에 실리지 않은 작품 8편을 더해 124편 전 작품을 수록한 『윤동주 전 시집』이 탄생했다.

　『동주와 반 고흐 영혼의 시화전』은 영혼과 정서가 가장 닮은 두 별이 시대를 넘어 한 공간에서 만나 감동을 주는 가장 아름다운 콜라보 에디션이다. 따라서 이 책은 독자들에게 최고의 위로와 함께 보는 즐거움까지도 만끽할 것이다.

2025. 2. 12
윤동주 시인 80주기를 맞이하여

contents <<<

#1 하늘과 바람과 별과 시

#2 흰 그림자

#3 밤

#4 팔복

#5 산울림

#6 식권

#7 산문

#8 나중에 발굴된 시

서시「하늘과 바람과 별과 시」

죽는 날까지 하늘을 우러러
한 점 부끄럼이 없기를,
잎새에 이는 바람에도
나는 괴로워했다.
별을 노래하는 마음으로
모든 죽어가는 것을 사랑해야지
그리고 나한테 주어진 길을
걸어가야겠다.

오늘 밤에도 별이 바람에 스치운다.

(1941. 11. 20)

별이 빛나는 밤

생레미 1889
캔버스에 유채
뉴욕 현대 미술관

#1
하늘과 바람과 별과 시

산모퉁이를 돌아 논가 외딴 우물을 홀로 찾아가선
가만히 들여다봅니다.

우물 속에는 달이 밝고 구름이 흐르고 하늘이 펼치
고 파아란 바람이 불고 가을이 있습니다.

그리고 한 사나이가 있습니다.
어쩐지 그 사나이가 미워져 돌아갑니다.

자화상

돌아가다 생각하니 그 사나이가 가엾어집니다. 도
로 가 들여다보니 사나이는 그대로 있습니다.

다시 그 사나이가 미워져 돌아갑니다.
돌아가다 생각하니 그 사나이가 그리워집니다.

우물 속에는 달이 밝고 구름이 흐르고 하늘이 펼치
고 파아란 바람이 불고 가을이 있고 추억追憶처럼
사나이가 있습니다.

(1939.9)

자화상(폴 고갱에게 헌정)

아를1888

캔버스에 유채

하버드대학교 포그미술관

소
년

여기저기서 단풍잎 같은 슬픈 가을이 뚝뚝 떨어진
다. 단풍잎 떨어져 나온 자리마다 봄을 마련해 놓
고 나무가지 위에 하늘이 펼쳐 있다. 가만히 하늘
을 들여다 보려면 눈썹에 파란 물감이 든다. 두 손
으로 따뜻한 볼을 쓸어보면 손바닥에도 파란 불감
이 묻어난다. 다시 손바닥을 들여다본다. 손금에
는 맑은 강물이 흐르고, 맑은 강물이 흐르고, 강물
속에는 사랑처럼 슬픈 얼골― 아름다운 순이順伊의
얼골이 어린다. 소년少年은 황홀히 눈을 감어본다.
그래도 맑은 강물은 흘러 사랑처럼 슬픈 얼골― 아
름다운 순이順伊의 얼골은 어린다.

(1939)

카미유 룰랭의 초상화

아를 1888

캔버스에 유채

암스테르담 반고흐미술관

눈
오
는
지
도

순이順伊가 떠난다는 아츰에 말 못할 마음으로 함
박눈이 나려, 슬픈 것처럼 창밖에 아득히 깔린 지
도 위에 덮인다.
방 안을 돌아다 보아야 아무도 없다. 벽과 천정이
하얗다. 방 안에까지 눈이 나리는 것일까, 정말 너
는 잃어버린 역사처럼 홀홀이 가는 것이냐, 떠나기
전에 일러둘 말이 있든 것을 편지를 써서도 네가
가는 곳을 몰라 어느 거리, 어느 마을, 어느 지붕
밑, 너는 내 마음속에만 남어 있는 것이냐, 네 쪼고
만 발자욱을 눈이 자꾸 나려 덮여 따라갈 수도 없
다. 눈이 녹으면 남은 발자욱 자리마다 꽃이 피리
니 꽃 사이로 발자욱을 찾어 나서면 일년열두달 하
냥 내 마음에는 눈이 나리리라.

(1941. 3. 12)

눈이 내린 풍경

아를 1888

캔버스에 유채

뉴욕 솔로몬R구겐하임미술관

돌아와 보는 밤

세상으로부터 돌아오듯이 이제 내 좁은 방에 돌아와 불을 끄옵니다. 불을 켜두는 것은 너무나 피로롭은 일이옵니다. 그것은 낮의 연장延長이옵기에―

이제 창을 열어 공기를 바꾸어 들여야 할 텐데 밖을 가만히 내다 보아야 방 안과 같이 어두워 꼭 세상 같은데 비를 맞고 오던 길이 그대로 비 속에 젖어 있사옵니다.

하루의 울분을 씻을바 없어 가만히 눈을 감으면 마음속으로 흐르는 소리, 이제, 사상思想이 능금처럼 저절로 익어 가옵니다.

(1941.6)

아를의 빈센트 침실

아를 1888

캔버스에 유채

암스테르담 반고흐미술관

살구나무 그늘로 얼골을 가리고 병원 뒤뜰에 누워,
젊은 여자가 흰옷 아래로 하얀 다리를 드려내 놓고
일광욕을 한다. 한나절이 기울도록 가슴을 앓는다
는 이 여자를 찾어 오는 이, 나비 한 마리도 없다.
슬프지도 않은 살구나무가지에는 바람조차 없다.

나도 모를 아픔을 오래 참다 처음으로 이곳에 찾어
왔다. 그러나 나의 늙은 의사는 젊은이의 병을 모
른다. 나한테는 병이 없다고 한다. 이 지나친 시련,
이 지나친 피로, 나는 성내서는 안 된다.

여자는 자리에서 일어나 옷깃을 여미고 화단에서
금잔화 한포기를 따 가슴에 꽂고 병실 안으로 사라
진다. 나는 그 여자의 건강이 ― 아니 내 건강도 속
히 회복되기를 바라며 그가 누웠던 그 자리에 누워
본다.

(1940.12)

병원

생폴 병원 복도

생레미 1889

검정 초크와 구아슈

뉴욕 메트로폴리탄미술관

새로운 길

내를 건너서 숲으로
고개를 넘어서 마을로

어제도 가고 오늘도 갈
나의 길 새로운 길

민들레가 피고 까치가 날고
아가씨가 지나고 바람이 일고

나의 길은 언제나 새로운 길
오늘도… 내일도…

내를 건너서 숲으로
고개를 넘어서 마을로

(1938.5.10)

숲길
파리 1887
캔버스에 유채
암스테르담 반고흐미술관

정거장 플랫폼에
나렸을 때 아무도 없어,

다들 손님들뿐,
손님 같은 사람들뿐,

집집마다 간판이 없어
집 찾을 근심이 없어

간판없는 거리

빨갛게
파랗게
불붙는 문자도 없이

모퉁이마다
자애로운 헌 와사등瓦斯燈
불을 혀놓고,

손목을 잡으면
다들, 어진사람들
다들, 어진사람들

봄, 여름, 가을, 겨울,
순서로 돌아들고.

(1941)

몽마르트르 언덕의 전망대

파리 1886

캔버스에 유채

시카고아트인스티튜트

봄날 아침도 아니고
여름, 가을, 겨울,
그런 날 아침도 아닌 아침에

태
초
의

아
침

빨—간 꽃이 피어났네,
햇빛이 푸른데,

그 전날 밤에
그 전날 밤에
모든 것이 마련되었네,

사랑은 뱀과 함께
독毒은 어린 꽃과 함께

구름 낀 하늘 아래 밀밭

오베르쉬르우아즈│1890

캔버스에 유채

암스테르담 반고흐미술관

하얗게 눈이 덮이었고
전신주가 잉잉 울어
하나님 말씀이 들려온다.

무슨 계시일까.

또
태
초
의

아
침

빨리
봄이 오면
죄罪를 짓고
눈이
밝어

이브가 해산解産하는 수고를 다하면

무화과 잎사귀로 부끄런데를 가리고

나는 이마에 땀을 흘려야겠다.

(1941.5.31)

씨 뿌리는 사람

아를 1888

캔버스에 유채

오테를로 크뢸러뮐러 미술관

새벽이 올 때까지

다들 죽어가는 사람들에게
검은 옷을 입히시오.

다들 살아가는 사람들에게
흰옷을 입히시오.

그리고 한 침대에
가즈런이 잠을 재우시오.

다들 울거들랑
젖을 먹이시오.

이제 새벽이 오면
나팔소리 들려올 게외다.

(1941.5)

아를의 병원 병동

아를 1889

캔버스에 유채

빈터투어 오스카어라인하르트 컬렉션

거 나를 부르는 것이 누구요,

가랑잎 잎파리 푸르러 나오는 그늘인데,
나 아직 여기 호흡이 남어 있소.

무서운 시간

한번도 손들어 보지 못한 나를
손들어 표할 하늘도 없는 나를

어디에 내 한 몸 둘 하늘이 있어
나를 부르는 것이오.

일을 마치고 내 죽는 날 아침에는
서럽지도 않은 가랑잎이 떨어질텐데……

나를 부르지 마오.

(1941. 2. 7)

슬퍼하는 노인
(영원의 문턱에서)

생레미 1890

캔버스에 유채

오테를로 크뢸러뮐러미술관

쫓아오던 햇빛인데
지금 교회당 꼭대기
십자가에 걸리었습니다.

첨탑이 저렇게도 높은데
어떻게 올라갈 수 있을까요.

십
자
가

종소리도 들려오지 않는데
휘파람이나 불며 서성거리다가,

괴로웠던 사나이,
행복한 예수·그리스도에게
처럼
십자가가 허락된다면

모가지를 드리우고
꽃처럼 피어나는 피를
어두워가는 하늘 밑에
조용히 흘리겠습니다.

(1941.5.31)

바람이 어디로부터 불어와
어디로 불려가는 것일까,

바람이 부는데
내 괴로움에는 이유가 없다.

바
람
이
불
어

내 괴로움에는 이유가 없을까,

단 한 여자를 사랑한 일도 없다.
시대時代를 슬퍼한 일도 없다.

바람이 자꼬 부는데
내 발이 반석 위에 섰다.

강물이 자꼬 흐르는데
내 발이 언덕 위에 섰다.

(1941. 6. 2)

알피유산맥을 배경으로 한
올리브 나무들

생레미 1889

캔버스에 유채

뉴욕 현대미술관

048

슬픈 족속

흰 수건이 검은 머리를 두르고
흰 고무신이 거친 발에 걸리우다.

흰 저고리 치마가 슬픈 몸집을 가리고
흰 띠가 가는 허리를 질끈 동이다.

(1938.9)

눈 내린 들판에서 땅을 파는
두 명의 촌부

생레미 1890
캔버스에 유채
취리히 EG뷔를레재단 컬렉션

눈
감
고 간
다

태양을 사모하는 아이들아
별을 사랑하는 아이들아

밤이 어두웠는데
눈감고 기거라.

가진 바 씨앗을
뿌리면서 가거라.

발뿌리에 돌이 채이거든
감았던 눈을 와짝 떠라.

(1941.5.31)

산책하는 남녀 한 쌍과
초승달이 있는 풍경

생레미 1890
캔버스에 유채
상파울루미술관

고향에 돌아온 날 밤에
내 백골白骨이 따라와 한 방에 누웠다.

어둔 방은 우주로 통하고
하늘에선가 소리처럼 바람이 불어온다.

어둠속에 곱게 풍화작용하는
백골을 들여다보며
눈물짓는 것이 내가 우는 것이냐
백골이 우는 것이냐
아름나운 혼魂이 우는 것이냐

지조 높은 개는
밤을 새워 어둠을 짖는다.

어둠을 짖는 개는
나를 쫓는 것일 게다.

가자 가자
쫓기우는 사람처럼 가자
백골 몰래
아름다운 또 다른 고향에 가자.

(1941.9)

또 다른 고향

담배를 피우는 해골

안트베르펜 1885-1886

캔버스에 유채

암스테르담 반고흐미술관

잃어 버렸습니다.
무얼 어디다 잃었는지 몰라
두 손이 주머니를 더듬어
길에 나아갑니다.

돌과 돌과 돌이 끝없이 연달어
길은 돌담을 끼고 갑니다.

담은 쇠문을 굳게 닫어
길 위에 긴 그림자를 드리우고

길

길은 아침에서 저녁으로
저녁에서 아침으로 통했습니다.

돌담을 더듬어 눈물 짓다
쳐다보면 하늘은 부끄럽게 푸릅니다.

풀 한포기 없는 이 길을 걷는 것은
담 저쪽에 내가 남어 있는 까닭이고,

내가 사는 것은 다만,
잃은 것을 찾는 까닭입니다.

(1941. 9. 31)

에턴의 길

에턴 1881

초크, 연필, 파스텔, 수채

뉴욕 메트로폴리탄미술관

계절이 지나가는 하늘에는
가을로 가득 차 있습니다.

나는 아무 걱정도 없이
가을 속의 별들을 다 헤일 듯합니다.

가슴속에 하나 둘 새겨지는 별을
이제 다 못 헤는 것은
쉬이 아침이 오는 까닭이오,
내일 밤이 남은 까닭이오,
아직 나의 청춘이 다하지 않은 까닭입니다.

별 하나에 추억과
별 하나에 사랑과
별 하나에 쓸쓸함과
별 하나에 동경과
별 하나에 시와
별 하나에 어머니, 어머니,
어머님, 나는 별 하나에 아름다운 말 한마디씩 불러봅니다. 소학교 때 책상을 같이 했던 아이들의 이름과 패, 경, 옥 이런 이국소녀들의 이름과, 벌써 애기 어머니 된 계집애들의 이름과, 가난한 이웃사람들의 이름과, 비둘기, 강아지, 토끼, 노새, 노루, "프랑시스·잠" "라이너·마리아·릴케" 이런 시인의 이름을 불러 봅니다.

별
헤
는
밤

론강 위로 별이 빛나는 밤

아를 1888

캔버스에 유채

파리 오르세미술관

이네들은 너무나 멀리 있습니다.
별이 아스라이 멀듯이.

어머님,
그리고, 당신은 멀리 북간도에 계십니다.

나는 무엇인지 그리워
이 많은 별빛이 내린 언덕 위에
내 이름자를 써보고,
흙으로 덮어 버리었습니다.

따는 밤을 새워 우는 벌레는
부끄러운 이름을 슬퍼하는 까닭입니다.

그러나 겨울이 지나고 나의 별에도 봄이 오면
무덤 위에 파란 잔디가 피어나듯이
내 이름자 묻힌 언덕 위에도
자랑처럼 풀이 무성할 게외다.

(1941.11.5)

노란 집

#2

흰 그림자

yun
1940. 5 Vincent

흰
그
림
자

황혼이 짙어지는 길모금에서
하루 종일 시들은 귀를 가만히 기울이면
땅거미 옮겨지는 발자취 소리,

발자취 소리를 들을 수 있도록
나는 총명했든가요.

이제 어리석게도 모든것을 깨달은 다음
오래 마음 깊은 속에
괴로워하든 수많은 나를
하나, 둘 제 고장으로 돌려 보내면
거리 모퉁이 어둠 속으로
소리 없이 사라지는 흰 그림자,

흰 그림자들
연연히 사랑하든 흰 그림자들,

내 모든것을 돌려 보낸 뒤
허전히 뒷골목을 돌아
황혼처럼 물드는 내 방으로 돌아오면

신념(信念)이 깊은 으젓한 양(羊)처럼
하루 종일 시름없이 풀포기나 뜯자.

(1942.4.14)

해 질 녘 의 풍 경

뇌년 1885

캔버스에 유채

개인 소장

봄이 오던 아침, 서울 어느 쪼그만 정거장에서 희
망과 사랑처럼 기차를 기다려,

나는 플랫폼에 간신한 그림자를 떨어뜨리고, 담배
를 피웠다.

내 그림자는 담배 연기 그림자를 날리고,
비둘기 한 떼가 부끄러울 것도 없이
나래 속을 속, 속, 햇빛에 비춰, 날았다.

기차는 아무 새로운 소식도 없이
나를 멀리 실어다 주어,

봄은 다 가고— 동경 교외郊外 어느 조용한 하숙방
에서, 옛 거리에 남은 나를 희망과 사랑처럼 그리
워한다.

오늘도 기차는 몇 번이나 무의미하게 지나가고,
오늘도 나는 누구를 기다려 정거장 가차운 언덕에
서 서성거릴 게다.

—아아 젊음은 오래 거기 남아 있거라.

(1942.5.13)

사랑스런 추억

아를역 부근의 플라타너스 길

아를 1888

캔버스에 유채

파리 로댕미술관

으스럼이 안개가 흐른다. 거리가 흘러간다. 저 전차, 자동차, 모든 바퀴가 어디로 흘리워 가는 것일까? 정박할 아무 항구도 없이, 가련한 많은 사람들을 싣고서, 안개 속에 잠긴 거리는,

거리 모퉁이 붉은 포스트 상자를 붙잡고, 섰을라면 모든것이 흐르는 속에 어렴풋이 빛나는 가로등, 꺼지지 않는 것은 무슨 상징일까? 사랑하는 동무 박朴이여! 그리고 김金이여! 지네들은 지금 어디 있는가? 끝없이 안개가 흐르는데,

"새로운 날 아침 우리 다시 정답게 손목을 잡어 보세" 몇 자 적어 포스트 속에 떨어트리고, 밤을 새워 기다리면 금휘장에 금단추를 삐었고 거인처럼 찬란히 나타나는 배달부, 아침과 함께 즐거운 내림來臨,

이 밤을 하염없이 안개가 흐른다.

(1942.5.12)

흐르는 거리

아를 몽마주르가의 철도교

아를 1888

캔버스에 유채

개인 소장

창밖에 밤비가 속살거려
육첩방六疊房은 남의 나라,

시인이란 슬픈 천명天命인줄 알면서도
한 줄 시를 적어 볼까,

땀내와 사랑내 포근히 품긴
보내수신 학비 봉투를 받아

대학 노─트를 끼고
늙은 교수의 강의 들으러 간다.

생각해 보면 어릴 때 동무들
하나, 둘, 죄다 잃어버리고

나는 무얼 바라
나는 다만, 홀로 침전하는 것일까?

쉽게 씌어진 시

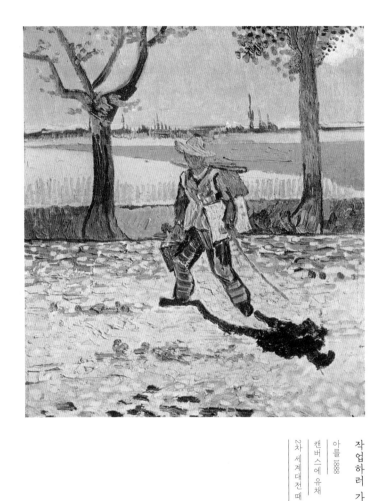

작업하러 가는 화가

아를 1888

캔버스에 유채

2차 세계대전 때 화재로 소실

인생은 살기 어렵다는데
시가 이렇게 쉽게 씌어지는 것은
부끄러운 일이다.

육첩방은 남의 나라
창밖에 밤비가 속살거리는데,

등불을 밝혀 어둠을 조곰 내몰고,
시대처럼 올 아침을 기다리는 최후의 나,

나는 나에게 적은 손을 내밀어
눈물과 위안으로 잡는 최초의 악수.

(1942.6.3)

석고상, 장미와 소설책 두 권이 있는 정물

파리 1887

캔버스에 유채

오테를로 크뢸러뮐러미술관

봄이 혈관속에 시내처럼 흘러
돌, 돌, 시내 가차운 언덕에
개나리, 진달래, 노오란 배추꽃,

봄

삼동三冬을 참어온 나는
풀포기처럼 피어난다.

즐거운 종달새야
어느 이랑에서나 즐거웁게 솟쳐라.

푸르른 하늘은
아른아른 높기도 한데……

정원에서 산책하는 여자

파리 1887

캔버스에 유채

개인 소장

#3
밤

yun
1940. 5 Vincent

외양간 당나귀
아—ㅇ 앙 외마디 울음 울고,

당나귀 소리에
으—아 아 애기 소스라쳐 깨고,

등잔에 불을 다오.

밤

아버지는 당나귀에게
짚을 한 키 담아주고,

어머니는 애기에게
젖을 한 모금 먹이고,

밤은 다시 고요히 잠드오.

(1937.3)

땅을 파는 여자가 있는 오두막

뇌넌 1885

마분지 위 캔버스에 유채

시카고 아트인스티튜트

후어―ㄴ한 방에
유언은 소리 없는 입놀림.

―바다에 진주 캐려 갔다는 아들
해녀와 사랑을 속삭인다는 맏아들,
이 밤에사 돌아오나 내다봐라―

유
언

평생 외롭든 아버지의 운명殞命
감기우는 눈에 슬픔이 어린다.

외딴집에 개가 짖고
휘양찬 달이 문살에 흐르는 밤.

(1937.10.24)

밀짚모자를 쓴 자화상

파리 1887

마분지에 유채

암스테르담 반고흐미술관

붉은 이마에 싸늘한 달이 서리어
아우의 얼골은 슬픈 그림이다.

발걸음을 멈추어
살그머니 애띤 손을 잡으며
"너는 자라 무엇이 되려니"
"사람이 되지"
아우의 설운 진정코 설운 대답이다.

슬며―시 잡았든 손을 놓고
아우의 얼골을 다시 들여다 본다.

싸늘한 달이 붉은 이마에 젖어
아우의 얼골은 슬픈 그림이다.

(1938.9.15)

아우의 인상화

모자를 쓴 청년

아를 1888

캔버스에 유채

개인 소장

거미란 놈이 흉한 심보로 병원 뒤뜰 난간과 꽃밭
사이 사람 발이 잘 닿지 않는 곳에 그물을 쳐 놓았
다. 옥외 요양을 받는 젊은 사나이가 누워서 치어
다 보기 바르게—

나비가 한 마리 꽃밭에 날어 들다 그물에 걸리었
다. 노—란 날개를 파득거려도 파득거려도 나비는
자꼬 감기우기만 한다. 거미가 쏜살같이 가더니 끝
없는 끝없는 실을 뽑아 나비의 온몸을 감어버린다.
사나이는 긴 한숨을 쉬었다.

나이보담 무수한 고생 끝에 때를 잃고 병을 얻은
이 사나이를 위로할 말이—거미줄을 헝클어 버리
는 것밖에 위로의 말이 없었다.

(1940.12.3)

위
로

바닷가 햇빛 바른 바위 우에
습한 간을 펴서 말리우자,

코카서스 산중에서 도망해 온 토끼처럼
둘러리를 빙빙 돌며 간을 지키자,

내가 오래 기르든 여윈 독수리야!
와서 뜯어먹어라, 시름없이

간 너는 살지고
나는 여위어야지, 그러나,

거북이야!
다시는 용궁의 유혹에 안 떨어진다.

프로메테우스 불쌍한 프로메테우스
불 도적한 죄로 목에 맷돌을 달고

끝없이 침전하는 프로메테우스.

(1941.11.29)

노 젓는 배가 있는 강 풍경

파리 1887
캔버스에 유채
개인 소장

괴로운 사람아 괴로운 사람아
옷자락 물결 속에서도
가슴속 깊이 돌돌 샘물이 흘러
이 밤을 더불어 말할 이 없도다.
거리의 소음과 노래 부를 수 없도다.
그신듯이 냇가에 앉었으니
사랑과 일을 거리에 맡기고
가만히 가만히
바다로 가자,
바다로 가자.

(1939)

산골물

봄 낚시, 클리시 다리

파리 1887

캔버스에 유채

시카고아트인스티튜트

파란 녹이 낀 구리거울 속에
내 얼골이 남어있는 것은
어느 왕조의 유물이기에
이다지도 욕될까

나는 나의 참회의 글을 한 줄에 줄이자
―만 이십사 년 일 개월을
　무슨 기쁨을 바라 살어왔든가

참
회
록

내일이나 모레나 그 어느 즐거운 날에
나는 또 한 줄의 참회록을 써야한다.
―그때 그 젊은 나이에
　왜 그런 부끄런 고백을 했든가

밤이면 밤마다 나의 거울을
손바닥으로
발바닥으로 닦어보자.

그러면 어느 운석隕石 밑으로 홀로 걸어가는
슬픈 사람의 뒷모양이
거울 속에 나타나 온다.

(1942)

#4
팔복

팔
복

—

마
태
복
음
5
장
3
ㅣ
1
2

슬퍼하는 자는 복이 있나니
슬퍼하는 자는 복이 있나니
슬퍼하는 자는 복이 있나니
슬퍼하는 자는 복이 있나니
슬피히 는 자는 복이 있나니
슬퍼하는 자는 복이 있나니
슬퍼하는 자는 복이 있나니
슬퍼하는 자는 복이 있나니

저희가 영원히 슬플 것이오.

(1940.12)

사이프러스 나무와 밀밭

생레미 1889
캔버스에 유채
뉴욕 메트로폴리탄미술관

못
자
는
밤

하나, 둘, 셋, 네
······················
밤은
많기도 하다.

(1940)

아를 포룸 광장의
밤의 카페 테라스

아를 1888

캔버스에 유채

오테를로 크뢸러뮐러 미술관

달
같
이

연륜年輪이 자라듯이
날이 자라는 고요한 밤에
달같이 외로운 사랑이
가슴 하나 뻐근히
연륜처럼 피어 나간다.

(1939.9)

사이프러스 나무

생레미 1889

캔버스에 유채

뉴욕 메트로폴리탄미술관

고추
밭

시들은 잎새 속에서
고 빠알간 살을 드러내 놓고,
고추는 방년芳年된 아가씬양
땍볕에 자꼬 익어간다.

할머니는 바구니를 들고
밭머리에서 어정거리고
손가락 너어는 아이는
할머니 뒤만 따른다.

(1938.10.26)

순順아 너는 내 전殿에 언제 들어왔든 것이냐?
내사 언제 네 전殿에 들어갔든 것이냐?

우리들의 전당은
고풍古風한 풍습이 어린 사랑의 전당

순아 암사슴처럼 수정눈을 나려감어라.
난 사자처럼 엉크린 머리를 고루련다.

우리들의 사랑은 한낱 벙어리였다.

성스런 촛대에 열熱한 불이 꺼지기 전
순아 너는 앞문으로 내 달려라.

어둠과 바람이 우리 창에 부닥치기 전
나는 영원한 사랑을 안은 채
뒷문으로 멀리 사라지련다.

이제 네게는 삼림森林속의 아늑한 호수가 있고
내게는 준험한 산맥이 있다.

(1938.6.19)

사랑의 전당

폭풍우 치는 하늘 아래 풍경

아를 1888

캔버스에 유채

개인 소장

발에 터부한 것을 다 빼어 바리고
황혼이 호수 위로 걸어 오듯이
나도 사뿐사뿐 걸어 보리이까?

내사 이 호수가로
부르는 이 없이
불리워 온 것은
참말 이적異蹟이외다.

오늘따라
연정戀情, 자홀自惚, 시기猜忌, 이것들이
자꼬 금메달처럼 만져지는구려

하나, 내 모든 것을 여념 없이
물결에 씻어 보내려니
당신은 호면湖面으로 나를 불러 내소서.

(1938.6.15)

이
적

비 오는 하늘 아래 건초더미

오베르쉬르우아즈 1890

캔버스에 유채

오테를로 크뢸러뮐러 미술관

쏴— 철석! 파도소리 문살에 부서져
잠 살포시 꿈이 흩어진다.

잠은 한낱 검은 고래떼처럼 살래어,
달랠 아무런 재주도 없다.

불을 밝혀 잠옷을 정성스리 여미는
삼경三更.
염원念願.

동경憧憬의 땅 강남에 또 홍수질 것만 싶어,
바다의 향수보다 더 호젓해진다.

(1938.6.11)

비
오
는
밤

폭풍우 치는 스헤베닝언 해변

헤이그 1882

마분지 위 캔버스에 유채

쉬는 시간마다
나는 창녘으로 갑니다.

―창은 산 가르침.

이글이글 불을 피워주소,
이 방에 잔 것이 서립니다.

창

단풍잎 하나
맴 도나 보니
아마도 작으마한 선풍旋風이 인게외다.

그래도 싸느란 유리창에
햇살이 쨍쨍한 무렵,
상학종上學鐘이 울어만 싶습니다.

(1937.10)

창문에서 본 푸줏간

아를 1888

마분지 위 캔버스에 유채

암스테르담 반고흐미술관

실어다 뿌리는
바람 조차 씨원타.

솔나무 가지마다 샛춤히
고개를 돌리어 뻐들어지고,

밀치고
밀치운다.

바
다

이랑을 넘는 물결은
폭포처럼 피어오른다.

해변에 아이들이 모인다
찰찰 손을 씻고 구보로.

바다는 자꼬 섧어진다.
갈매기의 노래에………

돌아다 보고 돌아다 보고
돌아가는 오늘의 바다여!

(1937.9 원산 송도원에서)

생트마리 해변의 어선들

아를 1888

캔버스에 유채

암스테르담 반고흐미술관

만상萬象을
굽어 보기란—

무릎이
오들오들 떨린다.

백화白樺
어러서 늙었다.

비
로
봉

새가
나비가 된다.

정말 구름이
비가 된다.

옷자락이
칩다.

(1937.9)

레 페 이 룰 레 라 빈

생레미 1889
캔버스에 유채
보스턴미술관

산협의 오후

내 노래는 오히려
섧은 산울림.

골짜기 길에
떨어진 그림자는
너무나 슬프구나

오후의 명상은
아— 졸려.

(1937.9)

배경에 마차와 기차가 보이는 풍경

오베르쉬르우아즈 1890

캔버스에 유채

모스크바 푸시킨미술관

명상

가츨가츨한 머리칼은 오막살이 처마끝,
쉬파람에 콧마루가 서운한 양 간질키오.

들창 같은 눈은 가볍게 닫혀
이 밤에 연정戀情은 어둠처럼 골골히 스며드오.

(1937. 8. 20)

숲속의 두 여인

헤이그 1882

패널 위 종이에 유채

개인 소장

번개, 뇌성, 왁자지근 뚜다려
머―ㄴ 도회지都會地에 낙뢰가 있어만 싶다.

벼루짱 엎어논 하늘로
살같은 비가 살처럼 쏟아진다.

소
낙
비

손바닥만한 나의 정원이
마음같이 흐린 호수되기 일쑤다.

바람이 팽이처럼 돈다.
나무가 머리를 이루 잡지 못한다.

내 경건한 마음을 모셔드려
노아때 하늘을 한 모금 마시다.

(1937.8.9)

비가 내리는 밀밭

생레미 1889
캔버스에 유채
필라델피아 미술관

싸늘한 대리석 기둥에 목아지를 비틀어 맨 한난계,
문득 들여다볼 수 있는 운명運命한 5척 6촌의 허리가는
수은주,
마음은 유리관보다 맑소이다.

혈관이 단조로워 신경질인 여론동물輿論動物,
가끔 분수같은 냉침을 억지로 삼키기에
정력을 낭비합니다.

영하로 손구락질 할 수돌네 방처럼 추운 겨울보다
해바라기 만발한 8월 교정이 이상理想 곱소이다.
피끓을 그날이—

어제는 막 소낙비가 퍼붓더니 오늘은 좋은 날씨올시다.
동저고리 바람에 언덕으로, 숲으로 하시구려—
이렇게 가만 가만 혼자서 귓속 이야기를 하였습니다.

나는 또 내가 모르는 사이에—
나는 아마도 진실한 세기의 계절을 따라—
하늘만 보이는 울타리 안을 뛰쳐,
역사같은 포지션을 지켜야 봅니다.

(1937.7.1)

한
난
계

운동하는 죄수들
(도레 모사)
생레미 1890
캔버스에 유채
모스크바 푸시킨미술관

봄바람을 등진 초록빛 바다
쏟아질 듯 쏟아질 듯 위태롭다.

잔주름 치마폭의 두둥실거리는 물결은,
오스라질듯 한끝 경쾌롭다.

마스트 끝에 붉은 깃발이
여인의 머리칼처럼 나부낀다.

풍경

☆　　☆

이 생생한 풍경을 앞세우며 뒤세우며
외—ㄴ 하루 거닐고 싶다.

──우중충한 오월 하늘 아래로,
──바다빛 포기포기에 수놓은 언덕으로,

(1937. 5. 29)

모래를 내리는 사람들이
있는 부두

아를 1888

캔버스에 유채

에센 폴크방 미술관

달
밤

흐르는 달의 흰 물결을 밀쳐
여윈 나무 그림자를 밟으며
북망산을 향한 발걸음은 무거웁고
고독을 반려伴侶한 마음은 슬프기도 하다.

누가 있어만 싶은 묘지엔 아무도 없고,
정적만이 군데군데 흰 물결에 폭 젖었다.

(1937.4.15)

달이 뜨는 저녁 풍경

생레미 1889

캔버스에 유채

오테를로 크뢸러뮐러 미술관

124

이른 아침 아낙네들은 시들은 생활을
바구니 하나 가득 담아 이고……
업고 지고…… 안고 들고……
모여드오 자꾸 장에 모여드오.

가난한 생활을 골골이 버려놓고
밀려가고 밀려오고……
제마다 생활을 외치오…… 싸우오.

장

온 하루 올망졸망한 생활을
되질하고 저울질하고 자질하다가
날이 저물어 아낙네들이
쓴 생활과 바꾸어 또 이고 돌아가오.

(1937. 봄)

석탄 자루를 나르는 광부의 아내들

헤이그 1882
수채화
오테를로 크뢸러뮐러 미술관

하루도 검푸른 물결에
흐느적 잠기고…… 잠기고……

저─ 왼 검은 고기떼가
물든 바다를 날아 횡단할고.

낙엽이 된 해초海草
해초마다 슬프기도 하오.

서창西窓에 걸린 해말간 풍경회.
옷고름 너어는 고아의 서름.

이제 첫 항해하는 마음을 먹고
방바닥에 나딩구오…… 딩구오……

황혼이 바다가 되어
오늘도 수많은 배가

나와 함께 이 물결에 잠겼을게요.

(1937.1)

황혼이 바다가 되어

생트마리 바다 풍경

아를 1888
캔버스에 유채
모스크바 푸시킨미술관

휙, 휙, 휙,
소꼬리가 부드러운 채찍질로
어둠을 쫓아,
캄, 캄, 어둠이 깊다깊다 밝으오.

아침

이세 이 동리의 아침이
풀살 오른 소엉덩이처럼 푸드오.
이 동리 콩죽 먹은 사람들이
땀물을 뿌려 이 여름을 길렀오.

잎, 잎, 풀잎마다 땀방울이 맺혔오.
구김살 없는 이 아침을
심호흡하오 또 하오.

(1936)

프로방스의 농가

아를 1888

캔버스에 유채

워싱턴 국립미술관

.

빨
래

빨래줄에 두 다리를 드리우고
흰 빨래들이 귓속 이야기하는 오후,

쨍쨍한 칠월 햇발은 고요히도
아담한 빨래에만 달린다.

(1936)

목수의 작업장과 세탁장

헤이그 1881

연필, 펜, 붓, 밝은 흰색

오테를로 크뢸러뮐러미술관

꿈은 깨어지고

잠은 눈을 떴다
그윽한 유무幽霧에서.

노래하든 종달이
도망쳐 날아나고,

지난날 봄타령하든
금잔디밭은 아니다.

탑은 무니졌디,
붉은 마음의 탑이—

손톱으로 새긴 대리석탑이—
하로 저녁 폭풍에 여지없이도,

오오 황폐의 쑥밭,
눈물과 목메임이여!

꿈은 깨어졌다
탑은 무너졌다.

(1936.7.27)

코르드빌의 짚을 얹은 오두막

오베르쉬르우아즈 1890

캔버스에 유채

파리 오르세 미술관

I34

시계가 자근자근 가슴을 따려
불안한 마음을 산림이 부른다.

천년 오래인 연륜에 짜들은 유암幽暗한 산림이,
고달픈 한몸을 포옹할 인연을 가졌나보다.

산림의 검은 파동 우으로부터
어둠은 이린 가슴을 짓밟고

이파리를 흔드는 저녁바람이
솨— 공포에 떨게한다.

멀리 첫여름의 개고리 재질댐에
흘러간 마을의 과거는 아질타.

나무 틈으로 반짝이는 별만이
새날의 희망으로 나를 이끈다.

(1936.6.26)

산
림

생폴 병원 뒤쪽의 산맥 풍경

생레미 1889

캔버스에 유채

코펜하겐 뉘칼스버그글립토텍

사이좋은 정문의 두 돌기둥 끝에서
오색기와 태양기가 춤을 추는 날,
금을 그은 지역의 아이들이 즐거워 하다.

이
런
날

아이들에게 하루의 건조한 학과學課로
해말간 권태가 깃들고
「모순矛盾」 두 자를 이해치 못하도록
머리가 단순하였구나.

이런 날에는
잃어 버린 완고하던 형을
부르고 싶다.

(1936.6.10)

귀에 붕대를 감은 자화상

아를 1889
캔버스에 유채
런던 코톨드 미술관

거리가 바둑판처럼 보이고,
강물이 배암의 새끼처럼 기는
산 위에까지 왔다.
아직쯤은 사람들이
바둑돌처럼 버려 있으리라.

산상

한나절의 태양이
함석지붕에만 비치고,
굼벵이 걸음을 하든 기차가
정거장에 섰다가 검은 내를 토하고
또 걸음발을 탄다.

텐트같은 하늘이 무너져
이 거리를 덮을까 궁금하면서
좀더 높은 데로 올라가고 싶다.

(1936.5)

아니에르 센강의 다리

파리 1887

캔버스에 유채

취리히 EG뷔를레재단 컬렉션

저쪽으로 황토 실은 이 땅 봄바람이
호인胡人의 물레바퀴처럼 돌아 지나고

아롱진 사월 태양의 손길이
벽을 등진 섧은 가슴마다 올올이 만진다.

양지쪽

지도째기 놀음에 뉘 땅인줄 모르는 애 둘이
한 뼘 손가락이 짧음을 한恨함이어

아서라! 가뜩이나 엷은 평화가
깨어질까 근심스럽다.

(1936. 6)

쟁기로 갈아 놓은 들판

아를 1888

캔버스에 유채

암스테르담 반고흐미술관

한 간間 계사鷄舍 그 너머 창공이 깃들어
자유의 향토를 잊은 닭들이
시들은 생활을 주잘대고
생산의 고로苦勞를 부르짖었다.

음산陰酸한 계사에서 쏠려나온
외래종 레구홍,
학원學園에서 새 무리가 밀려나오는
삼월의 맑은 오후도 있다.

닭

닭들은 녹아드는 두엄을 파기에
아담한 두 다리가 분주하고
굶주렸든 주두리가 바즈런하다.
두 눈이 붉게 여므도록—

(1936. 봄)

생트마리의 흰색 오두막

아를 1888

캔버스에 유채

취리히 미술관

가
슴

1

소리 없는 북,
답답하면 주먹으로
뚜다려 보오.

그래 봐도
후—
가아는 한숨보다 못하오.

(1936.3.25. 평양에서)

아르망 룰랭의 초상화

아를 1888

캔버스에 유채

로테르담 보이만스 반뵈닝겐 미술관

가
슴
3

불 꺼진 화火독을
안고 드는 겨울밤은 깊었다.

재만 남은 가슴이
문풍지 소리에 떤다.

(1936. 7. 24)

난롯가에서 요리하는 여인

뇌년 1885

캔버스에 유채

뉴욕 메트로폴리탄미술관

비
둘
기

안아보고 싶게 귀여운

산비둘기 일곱 마리

하늘 끝까지 보일듯이 맑은 공일날 아침에

벼를 거두어 빤빤한 논에

앞을 다투어 모이를 주으며

어려운 이야기를 주고 받으오

날신한 두 나래로 조용한 공기를 흔들어

두 마리가 나오

집에 새끼 생각이 나는 모양이오.

(1936. 3. 10)

정오 휴식
(밀레 모사)

생레미 1890
캔버스에 유채
파리 오르세미술관

햇살은 미닫이 틈으로
길죽한 일자─字를 쓰고⋯⋯ 지우고⋯⋯

황혼

까마귀떼 지붕 우으로
둘, 둘, 셋, 넷, 자꼬 날아 지난다.
쑥쑥, 꿈틀꿈틀 북쪽 하늘로,

내사⋯⋯⋯⋯
북쪽 하늘에 나래를 펴고 싶다.

(1936.2.25.평양에서)

일몰: 아를 부근의 밀밭

아를 1888

캔버스에 유채

빈터투어 미술관

남쪽 하늘

제비는 두 나래를 가지었다.
시산한 가을날—

어머니의 젖가슴이 그리운
서리 나리는 저녁—
어린 영靈은 쪽나래의 향수를 타고
남쪽 하늘에 떠돌 뿐—

(1935.10. 평양에서)

모래언덕이 있는 풍경

헤이그 1883
패널에 유채
개인소장

창
공

그 여름날
열정의 포플러는
오려는 창공의 푸른 젖가슴을
어루만지려
팔을 펼쳐 흔들거렸다.
끓는 태양 그늘 좁다란 지점에서
천막 같은 하늘 밑에서
떠들던, 소나기
그리고 번개를,

춤추든 구름을 이끌고
남방南方으로 도망하고,
높다랗게 창공은 한 폭으로
가지 위에 퍼지고
둥근 달과 기러기를 불러왔다.

푸드른 어린 마음이 이상理想에 타고,
그의 동경憧憬의 날 가을에
조락凋落의 눈물을 비웃다.

(1935.10.20. 평양에서)

포플러가 있는 길

뇌넌 1885

캔버스에 유채

로테르담 보이만스 반뵈닝겐미술관

달밤의 거리
광풍狂風이 휘날리는
북국北國의 거리
도시의 진주眞珠
전등 밑을 헤엄치는
조그만 인어人魚 나,
달과 전등에 비쳐
한 몸에 둘셋의 그림자,
키졌다 자아졌다.

괴롬의 거리
회색빛 밤거리를
걷고 있는 이 마음
선풍旋風이 일고 있네
외로우면서도
한 갈피 두 갈피
피어나는 마음의 그림자,
푸른 공상空想이
높아졌다 낮아졌다.

(1935. 1. 18)

거리에서

르픽가의 빈센트 방에서 본
파리 풍경

파리 1887

캔버스에 유채

암스테르담 반고흐미술관

삶은 오늘도 죽음의 서곡序曲을 노래하였다.
이 노래가 언제나 끝나랴

세상사람은—
뼈를 녹여내는 듯한 삶의 노래에
춤을 춘다
사람들은 해가 넘어가기 전
이 노래 끝의 공포를
생각할 사이가 없었다.

하늘 복판에 아로새기듯이
이 노래를 부른 자가 누구뇨

그리고 소낙비 그친 뒤같이도
이 노래를 그친 자가 누구뇨

죽고 뼈만 남은
죽음의 승리자 위인偉人들!

(1934.12.24)

삶과 죽음

가지치기한 버드나무가 있는 풍경

뇌년 1884

패널 위 캔버스에 유채

개인 소장

초 한 대 —
내 방에 품긴 향내를 맡는다.

광명의 제단이 무너지기 진
나는 깨끗한 제물을 보았다.

염소의 갈비뼈 같은 그의 몸,
그의 생명인 심지心志까지
백옥 같은 눈물과 피를 흘려
불살려 버린다.

그리고도 책상머리에 아롱거리며
선녀처럼 촛불은 춤을 춘다.

매를 본 꿩이 도망하듯이
암흑暗黑이 창구멍으로 도망한
나의 방에 품긴

제물의 위대한 향내를 맛보노라.

(1934.12.24)

**초
한
대**

무릎을 꿇은 남자 석고상

파리 1886

다중 보드 위 마분지에 유채

암스테르담 반고흐미술관

#5
산울림

1940. 5 Vincent

산울림

까치가 울어서
산울림,
아무도 못들은
산울림,

까치가 들었다,
산울림,
저 혼자 들었다,
산울림,

(1938.5)

쟁기질하는 사람이 있는 들판

생레미 1889

캔버스에 유채

개인 소장

해
바
라
기
얼
굴

누나의 얼굴은
　해바라기 얼굴
해가 금방 뜨자
　일터에 간다.

해바라기 얼굴은
　누나의 얼굴
얼굴이 숙어들어
　집으로 온다.

(1938)

정물: 화병의 해바라기
열두 송이
아를 1888
캔버스에 유채
바이에른 국립회화미술관

귀뜨라미와 나와
잔디밭에서 이야기했다.

귀뜰귀뜰
귀뜰귀뜰

이무게도 아르켜 주지말고
우리 둘만 알자고 약속했다.

귀뜰귀뜰
귀뜰귀뜰

귀뜨라미와 나와
달밝은 밤에 이야기했다.

(1938.추정)

귀
뜨
라
미
와

나
와

꽃밭의 길

아를 1888

캔버스에 유채

헤이그시립미술관

애
기
의
새
벽

우리 집에는
닭도 없단다.
다만
애기가 젖 달라 울어서
새벽이 된다.

우리 집에는
시계도 없단다.
다만
애기가 젖 달라 보채어
새벽이 된다.

(1938. 추정)

아기 마르셀 룰랭

아를 1888

캔버스에 유채

암스테르담 반고흐미술관

햇빛·바람

손가락에 침 발러
쏘옥, 쏙, 쏙,
장에 가는 엄마 내다보려
문풍지를
쏘옥, 쏙, 쏙,

아침에 햇빛이 반짝,

손가락에 침 발러
쏘옥, 쏙, 쏙,
장에 가신 엄마 돌아오나
문풍지를
쏘옥, 쏙, 쏙,

저녁에 바람이 솔솔,

(1938. 추정)

창 앞에서 바느질하는 촌부

녹년 1885
캔버스에 유채
암스테르담 반고흐미술관

가자 가자 가자
숲으로 가자
달조각을 주으려
숲으로 가자.

반
디
불

그믐밤 반디불은
부서진 달조각,

가자 가자 가자
숲으로 가자
달조각을 주으려
숲으로 가자.

(1937.추정)

달빛에 산비탈에서 본 공장들

파리 1887

캔버스에 유채

암스테르담 반고흐미술관

둘
다

바다도 푸르고
하늘도 푸르고

바다도 끝없고
하늘도 끝없고

바다에 돌 던지고
하늘에 침 뱉고

바다는 벙글
하늘은 잠잠.

(1937. 추정)

생트마리 바다 풍경

아를 1888

캔버스에 유채

암스테르담 반고흐미술관

똑, 똑, 똑,
문 좀 열어 주세요
하룻밤 자고 갑시다.
　밤은 깊고 날은 추운데
　거 누굴까?
문 열어 주고 보니
검둥이의 꼬리가
거짓 부리한걸.

꼬끼요, 꼬끼요,
달걀 낳았다.
간난아 어서 집어 가거라
　간난이 뛰어가 보니
　달걀은 무슨 달걀,
고놈의 암탉이
대낮에 새빨간
거짓부리한걸.

(1937. 주정)

거짓부리

눈이 내린 안트베르펜의
낡은 주택의 뒷마당

안트베르펜·1885

캔버스에 유채

암스테르담 반고흐미술관

지난밤에
눈이 소오복이 왔네

지붕이랑
길이랑 밭이랑
추워 한다고
덮어주는 이불인가봐

그러기에
추운 겨울에만 나리지

(1936.12)

눈

배경에 아를이 보이는
눈 덮인 풍경

아를 1888

캔버스에 유채

개인 소장

가을 지난 마당은 하이얀 종이
참새들이 글씨를 공부하지요.

참
새

째액째액 입으로 반아 읽으며
두 발로는 글씨를 연습하지요.

하루 종일 글씨를 공부하여도
짹 자 한 자밖에는 더 못 쓰는 걸.

(1936. 1. 2)

물총새

파리 1886

캔버스에 유채

암스테르담 반고흐미술관

어머니
누나 쓰다버린 습자지는
두었다간 뭣에 쓰나요?

그런 줄 몰랐드니
습자지에다 내 버선 놓고
가위로 오려
버선본 만드는걸.

버
선
본

어머니
내가 쓰다 버린 몽당연필은
두었다간 뭣에 쓰나요?

그런 줄 몰랐드니
천 위에다 버선본 놓고
침 발려 점을 찍곤
내 버선 만드는걸.

(1936.12)

편
지

누나!
이 겨울에도
눈이 가득히 왔습니다.

흰 봉투에
눈을 한 줌 넣고
글씨도 쓰지 말고
우표도 붙이지 말고
말숙하게 그대로
편지를 부칠까요?

누나 가신 나라엔
눈이 아니 온다기에.

(1936. 12. 추정)

1885

빈센트가
동생 테오에게 쓴 편지

우리 애기는
아래 발치에서 코올코올,

고양이는
부뚜막에서 가릉가릉,

봄

애기 바람이
나무가지에서 소올소올,

아저씨 햇님이
하늘 한가운데서 째앵째앵.

(1936.10)

무얼 먹고 사나

바닷가 사람
물고기 잡아 먹고 살고

산골엣 사람
감자 구어 먹고 살고

별나라 사람
무얼 먹고 사나.

(1936.10)

고등어, 레몬과 토마토가 있는 정물

파리 1886

캔버스에 유채

오스카 라인하르트 컬렉션

굴뚝

산골짜기 오막살이 낮은 굴뚝엔
몽기몽기 웨인 연기 대낮에 솟나,

감자를 굽는 게지 총각애들이
깜박깜박 검은 눈이 모여 앉어서
입술에 꺼멓게 숯을 바르고
옛이야기 한커리에 감자 하나씩.

산골짜기 오막살이 낮은 굴뚝엔
살랑살랑 솟아나네 감자 굽는 내.

(1936. 가을)

감자 먹는 사람들

뇌년 1885

캔버스에 유채

암스테르담 반고흐미술관

194

아씨처럼 나린다
보슬보슬 해ㅅ비
맞아주자 다같이
　옥수숫대 처럼 크게
　닷자엿자 자라게
　햇님이 웃는다
　나보고 웃는다.

햇
비

하늘다리 놓였다
알롱알롱 무지개
노래하자 즐겁게
　동무들아 이리 오나
　다같이 춤을 추자
　햇님이 웃는다
　즐거워 웃는다

(1936. 9. 9)

몽마주르가 보이는
크로 평원의 추수

아를 1888

수채화와 펜

하버드대학교 포그미술관

요오리 조리 베면 저고리 되고
이이렇게 베면 큰 총 되지.
　누나하고 나하고
　가위로 종이 쏠았더니
　어머니가 빗자루 들고
　누나 하나 나 하나
　엉덩이를 때렸소
　방바닥이 어지럽다고―

　아아니 아니
　고놈의 빗자루가
　방바닥 쓸기 싫으니
　그랬지 그랬어
괘씸하여 벽장 속에 감췄드니
이튿날 아침 빗자루가 없다고
어머니가 야단이지요.

(1936. 9. 9)

빗
자
루

올리브 나무 사이의
흰 오두막

생레미 1889
캔버스에 유채
개인 소장

기
왓
장
내
외

비오는날 저녁에 기왓장내외
잃어버린 외아들 생각나선지
꼬부라진 잔등을 어루만지며
쭈룩쭈룩 구슬피 울음웁니다.

대궐지붕 위에서 기왓장내외
아름답든 옛날이 그리워선지
주름잡힌 얼골을 어루만지며
물끄럼히 하늘만 쳐다봅니다.

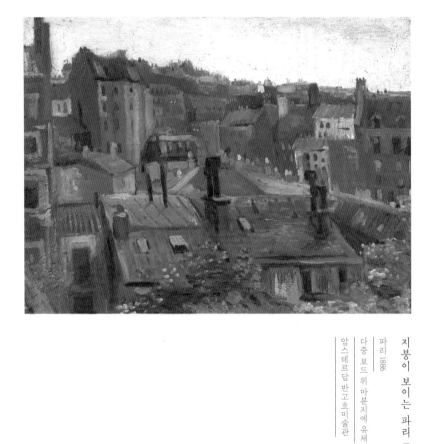

지붕이 보이는 파리 풍경

파리 1886

다중 보드 위 마분지에 유채

암스테르담 반고흐미술관

오줌싸개 지도

빨래줄에 걸어 논
요에다 그린 지도
지난밤에 내 동생
오줌 싸 그린 지도

꿈에 가본 엄마 계신
별나라 지돈가?
돈 벌러간 아빠 계신
만주땅 지돈가?

(1936)

오렌지를 든 아이

오베르쉬르우아즈 1890

캔버스에 유채

개인 소장

「뽀, 뽀, 뽀
엄마 젖 좀 주」
병아리 소리.

「꺽, 꺽, 꺽,
오냐 좀 기다려」
엄마닭 소리.

병
아
리

좀 있다가
병아리들은
엄마 품 속으로
다 들어 갔지요.

(1936. 1. 6)

아기를 안고 있는 룰랭 부인

아를 1888
캔버스에 유채
뉴욕 메트로폴리탄 미술관

조개껍질

아롱아롱 조개껍데기
울 언니 바닷가에서
주어온 조개껍데기

여긴여긴 북쪽 나라요
조개는 귀여운 선물
장난감 조개껍데기

데굴데굴 굴리며 놀다
짝 잃은 조개껍데기
한 짝을 그리워하네

아롱아롱 조개껍데기
나처럼 그리워하네
물소리 바닷물소리.

(1935. 12)

게 두 마리

아를 1889

캔버스에 유채

런던 내셔널갤러리

겨울

처마 밑에
시래기 다래미
바삭바삭
추어요.

길바닥에
말똥 동그램이
달랑달랑
얼어요.

(1936)

#6

식권

Mon cher Bernard, ayant promis de

yun
1940. 5 Vincent

식권은 하루 세 끼를 준다.

식모는 젊은 아이들에게
한때 흰 그릇 셋을 준다.

**식
권**

대동강 물로 끓인 국,
평안도 쌀로 지은 밥,
조선의 매운 고추장,

식권은 우리 배를 부르게.

(1936. 3. 20)

세 개의 새 둥지가 있는 정물

그린 연도 1885

캔버스에 유채

오테를로 크뢸러뮐러 미술관

종달새

종달새는 이른 봄날
질디진 거리의 뒷골목이
싫더라.
명랑한 봄하늘,
가벼운 두 나래를 펴서
요염한 봄노래가
좋더라,
그러나,
오늘도 구멍 뚫린 구두를 끌고,
훌렁훌렁 뒷거리 길로
고기새끼 같은 나는 헤매나니,
나래와 노래가 없음인가
가슴이 답답하구나.

(1936. 3. 평양)

꽃 피는 아몬드 나무
생레미 1890
캔버스에 유채
암스테르담 반고흐미술관

214

눈이 오다 물이 되는 날
잿빛 하늘에 또 뿌연내, 그리고
커다란 기관차는 빼—액— 울며,
조고만 가슴은 울렁거린다.

이별

이별이 너무 재빠르다, 안타깝게도,
사랑하는 사람을,
일터에서 만나자 하고—

더운 손의 맛과 구슬 눈물이 마르기 전
기차는 꼬리를 산굽으로 돌렸다.

(1936. 3. 20. 영현군[永鉉君]을—)

두 연인(부분)

아를 1888

캔버스에 유채

개인 소장

모란봉에서

앙당한 소나무 가지에
훈훈한 바람의 날개가 스치고,
얼음 섞인 대동강물에
한나절 햇발이 미끄러지다.

허물어진 성터에서
철모르는 여아들이
저도 모를 이국말로
재잘대며 뜀을 뛰고

난데없는 자동차가 밉다.

(1936.3.24)

오베르의 우아즈 강둑

오베르쉬르우아즈 1890

캔버스에 유채

디트로이트미술관

늦은 봄 기다리던 토요일날
오후 세시 반의 경성행 열차는
석탄 연기를 자욱이 품기고
지나가고

한 몸을 끄을기에 강하던
공이 자력磁力을 잃고
한 모금의 물이
불붙는 목을 축이기에
넉넉하다.
젊은 가슴의 피 순환이 잦고,
두 철각이 늘어진다.

검은 기차 연기와 함께
푸른 산이
아지랑이 저쪽으로
가라앉는다.

(1936.5)

오후의 구장

산들이 두 줄로 줄달음질치고
여울이 소리쳐 목이 잦았다.
한여름의 햇님이 구름을 타고
이 골짜기를 빠르게도 건너려 한다.

산등아리에 송아지 뿔처럼
울뚝불뚝히 어린 바위가 솟고,
얼룩소의 보드라운 털이
산등성이에 퍼―렇게 자랐다.

곡간

삼년만에 고향에 찾아드는
산골 나그네의 발걸음이
타박타박 땅을 고눈다.
벌거숭이 두루미 다리같이……

헌신짝이 지팡이 끝에
모가지를 매달아 늘어지고,
까치가 새끼의 날발을 태우며 날 뿐,
골짝은 나그네의 마음처럼 고요하다.

(1936. 여름)

붉은색과 흰색이 섞인
황소가 끄는 수레

뇌넌 1884

패널 위 캔버스에 유채

오테를로 크뢸러뮐러 미술관

그
여
자

함께 핀 꽃에 처음 익은 능금은
먼저 떨어졌습니다.

오늘도 가을바람은 그냥 붑니다.

길가에 떨어진 붉은 능금은
지나가는 손님이 집어 갔습니다.

(1937. 7. 26)

꽃 피는 분홍 복숭아나무
(마우버를 추억하며)

아를 1888

캔버스에 유채

오테를로 크뢸러뮐러 미술관

호젓한 세기世紀의 달을 따라
알 듯 모를 듯한 데로 거닐고저!

아닌 밤중에 튀기듯이
잠자리를 뛰쳐
끝없는 광야를 홀로 거니는
사람의 심사心思는 외로우려니

아— 이 젊은이는
피라밋처럼 슬프구나

(1937.8.18)

비
애

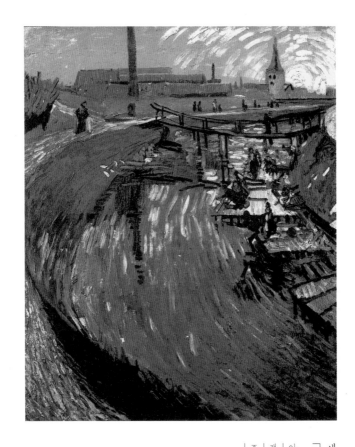

세탁부들이 있는
「루빈 뒤 루아」운하

아를 1888
캔버스에 유채
조셉앨브리튼 컬렉션

청초한 코스모스는
오직 하나인 나의 아가씨,

달빛이 싸늘히 추운 밤이면
옛 소녀가 못 견디게 그리워
코스모스 핀 정원으로 찾아간다.

코스모스는
귀또리 울음에도 수줍어지고,

코스모스 앞에 선 나는
어렸을 적처럼 부끄러워지나니,

내 마음은 코스모스의 마음이요
코스모스의 마음은 내 마음이다.

(1938. 9. 20)

코스모스

생폴 병원 정원의 풀밭

생레미 1889

캔버스에 유채

오테를로 크뢸러밀러미술관

장미 병들어
옮겨 놓을 이웃이 없도다.

달랑달랑 외로이
황마차幌馬車 태워 산에 보낼거나

뚜― 구슬피
화륜선火輪船 태워 대양大洋에 보낼거나

프로펠러 소리 요란히
비행기 태워 성층권에 보낼거나

이것저것
다 그만두고

자라가는 아들이 꿈을 깨기 전
이내 가슴에 묻어다오.

(1939.9)

타라스콩 마차

아를·1888

캔버스에 유채

프린스턴대학교미술관

공상

공상—
내 마음의 탑
나는 말없이 이 탑을 쌓고 있다.
명예와 허영의 천공天空에다
무너질 줄 모르고
한 층 두 층 높이 쌓는다.

무한한 나의 공상—
그것은 내 마음의 바다,
나는 두 팔을 펼쳐서
나의 바다에서
자유로이 헤엄친다.
황금 지욕知慾의 수평선을 향하여.

(1935. 10월 이전. 추정)

석탄 바지선

아를 1888

캔버스에 유채

아나폴리스 칼턴 미첼

컬렉션

내일은 없다

— 어린 마음이 물은

내일 내일 하기에
물었더니
밤을 자고 동틀 때
내일이라고
새날을 찾던 나는
잠을 자고 돌보니
그때는 내일이 아니라
오늘이더라
무리여! 동무여!
내일은 없나니
....

(1934.12.24)

꽃 피는 복숭아나무가 있는
크로 평원

아를 1889

캔버스에 유채

런던 코톨드미술관

호주머니

넣을 것 없어
걱정이던
호주머니는,

겨울만 되면
주먹 두 개 갑북 갑북.

(1936)

해변의 어부의 아내

헤이그 1882

패널 위 캔버스에 유채

오테를로 크뢸러뮐러 미술관

개

눈 위에서
개가
꽃을 그리며
뛰오.

(1936)

쟁기와 써레(밀레 모사)

생레미 1890

캔버스에 유채

암스테르담 반고흐미술관

고향집

— 만주에서 부른

헌 짚신짝 끄을고
나 여기 왜 왔노
두만강을 건너서
쓸쓸한 이 땅에

남쪽 하늘 저 밑에
따뜻한 내 고향
내 어머니 계신 곳
그리운 고향집

(1936.1.6)

오베르 풍경

오베르쉬르우아즈 1890

캔버스에 유채

암스테르담 반고흐미술관

가
을
밤

굳은비 나리는 가을밤

벌거숭이 그대로

잠자리에서 뛰쳐나와

마루에 쭈구리고 서서

아인 양 하고

쏴— 오줌을 쏘오.

(1936.10.23)

밤의 흰 집
오베르쉬르우아즈 1890
캔버스에 유채
상트페테르부르크 예르미타시미술관

비
행
기

머리에 프로펠러가
연자간 풍체보다
더―빨리 돈다.
땅에서 오를 때보다
하늘에 높이 떠서는
빠르지 못하다
숨결이 찬 모양이야.

비행기는―
새처럼 나래를
펄럭거리지 못한다
그리고 늘―
소리를 지른다.
숨이 찬가 봐.

(1936.10.趙)

물랭 드 라 갈레트

파리, 1886

캔버스에 유채

개인 소장

나무

나무가 춤을 추면
바람이 불고,
나무가 잠잠하면
바람도 자오,

(1937년으로 추정)

뽕나무

생레미 1889

캔버스에 유채

패서디나 노턴사이먼미술관

사
과

붉은 사과 한 개를
아버지, 어머니,
누나, 나, 넷이서
껍질채로 송치까지
다아 나눠 먹었소.

(1936년으로 추정)

정물: 파란 에나멜 커피주전자,
도기와 과일

아를 1888

캔버스에 유채

개인 소장

눈

눈이
새하얗게 와서
눈이
새물새물하오.

(1936년으로 추정)

눈이 내린 뇌넌의 목사관 정원

뇌넌 1885
패널 위 캔버스에 유채
패서디나 노턴사이먼미술관

닭

　　　　—닭은 나래가 커도

　　　　왜, 날잖나요

　　　　—아마 두엄 파기에

　　　　홀, 잊었나봐.

　　　　(1936년으로 추정)

소(요르단스 모사)

오베르쉬르우아즈 1890

캔버스에 유채

릴미술관

할아버지

왜 떡이 씁은 데도
자꾸 달다고 하오.

(1937.3.10)

우체부 조제프 룰랭의
초상화

아를 1888
캔버스에 유채
보스턴미술관

만돌이가 학교에서 돌아오다가
전봇대 있는 데서
돌짜기 다섯 개를 주웠습니다.

전봇대를 겨누고
돌 첫 개를 뿌렸습니다.
—딱—
두 개째 뿌렸습니다.
—아뿔사—
세 개째 뿌렸습니다.
—딱—
네 개째 뿌렸습니다.
—아뿔사—
다섯 개째 뿌렸습니다.
—딱—

만
돌
이

남학생(카미 유 룰랭)

생레미 1888
캔버스에 유채
상파울루미술관

다섯 개에 세 개……
그만하면 되었다.
내일 시험,
다섯 문제에 세 문제만 하면—
손꼽아 구구를 하여 봐도
허양 육십 점이다.
볼 거 있나 공 차러 가자.

그 이튿날 만돌이는
꼼짝 못하고 선생님한테
흰 종이를 바쳤을까요
그렇잖으면 정말

육십 점을 맞았을까요

(1937. 추정)

구두 한 켤레

아를 1888

캔버스에 유채

뉴욕 메트로폴리탄미술관

#7
산문

나는 고개길을 넘고 있었다…… 그 때 세 소년 거지가 나를 지나쳤다.

첫째 아이는 잔등에 바구니를 둘러메고, 바구니 속에는 사이다병, 간즈메통, 쇳조각, 헌 양말짝 등 폐물이 가득하였다.

둘째 아이도 그러하였다.

셋째 아이도 그러하였다.

텁수루한 머리털 시커먼 얼굴에 눈물 고인 충혈된 눈, 색 잃어 푸르스름한 입술, 너들너들한 남루, 찢겨진 맨발,

아아 얼마나 무서운 가난이 이 어린 소년들을 삼키었느냐!

나는 측은한 마음이 움직이었다.

나는 호주머니를 뒤지었다. 두툼한 지갑, 시계, 손수건, …… 있을 것은 죄다 있었다.

그러나 무턱대고 이것들을 내줄 용기는 없었다. 손으로 만지작 만지작거릴 뿐이었다.

다정스레 이야기나 하리라 하고 「얘들아」 불러보았다.

첫째 아이가 충혈된 눈으로 흘끔 돌아다볼 뿐이었다.

둘째 아이도 그러할 뿐이었다.

셋째 아이도 그러할 뿐이었다.

그리고는 너는 상관없다는 듯이 자기네 끼리 소근소근 이야기하면서 고개로 넘어갔다.

언덕 위에는 아무도 없었다.

짙어가는 황혼이 밀려들 뿐

(1939. 9)

투르게네프의 언덕

초록 밀밭

생레미 1890

캔버스에 유채

폴 멜런 부부 컬렉션

번거롭던 사위四圍가 잠잠해 지고 시계 소리가 또렷하나 보니 밤은 저윽히 깊을 대로 깊은 모양이다. 보든 책자를 책상 머리에 밀어놓고 잠자리를 수습한 다음 잠옷을 걸치는 것이다. 「딱」 스위치 소리와 함께 전등을 끄고 창녁의 침대에 드러누우니 이때까지 밝은 휘양찬 달밤이었든 것을 감각치 못하였었다. 이것도 밝은 전등의 혜택이었을까.

나의 누추한 방이 달빛에 잠겨 아름다운 그림이 된다는 것보담도 오히려 슬픈 선창船艙이 되는 것이다. 창살이 이마로부터 콧마루, 입술 이렇게 하얀 가슴에 여민 손등에까지 어른거려 나의 마음을 간지르는 것이다. 옆에 누운 분의 숨소리에 방은 무시무시해 진다. 아이처럼 황황해지는 가슴에 눈을 치떠서 밖을 내다보니 가을 하늘은 역시 맑고 우거진 송림松林은 한 폭의 묵화墨畵다. 달빛은 솔가지에 솔가지에 쏟아져 바람인양 쏴— 소리가 날 듯하다. 들리는 것은 시계소리와 숨소리와 귀또리 울음뿐 벅쩍 고던 기숙사도 절간보다 더 한층 고요한 것이 아니냐?

나는 깊은 사념思念에 잠기우기 한창이다. 딴은 사랑스런 아가씨를 사유私有할 수 있는 아름다운 상화想華도 좋고, 어릴 적 미련을 두고 온 고향에의 향수도 좋거니와 그보담 손쉽게 표현 못할 심각한 그 무엇이 있다.

바다를 건너 온 H군君의 편지 사연을 곰곰 생각할수록 사람과 사람 사이의 감정이란 미묘한 것이

달을 쏘다

산기슭에서

생레미 1889

캔버스에 유채

암스테르담 반고흐미술관

다. 감상적인 그에게도 필연코 가을은 왔나 보다.

편지는 너무나 지나치지 않았던가. 그중 한 토막,

「군君아, 나는 지금 울며울며 이 글을 쓴다. 이 밤도 달이 뜨고, 바람이 불고, 인간인 까닭에 가을이란 흙냄새도 안다. 정情의 눈물, 따뜻한 예술학도였던 정情의 눈물도 이 밤이 마지막이다.」

또 마지막 켠으로 이런 구절이 있다.

「당신은 나를 영원히 쫓아버리는 것이 정직正直할 것이오.」

나는 이 글의 뉘앙스를 해득解得할 수 있다. 그러나 사실 나는 그에게 아픈 소리 한마디 한 일이 없고 설은 글 한쪽 보낸 일이 없지 아니한가. 생각컨대 이 죄는 다만 가을에게 지워 보낼 수밖에 없다.

홍안서생紅顔書生으로 이런 단안斷案을 나리는 것은 외람한 일이나 동무란 한낱 괴로운 존재요 우정이란 진정코 위태로운 잔에 떠놓은 물이다. 이 말을 반대할 자 누구랴. 그러나 지기知己 하나 얻기 힘든다 하거늘 알뜰한 동무 하나 잃어버린다는 것이 살을 베어내는 아픔이다.

나는 나를 정원에서 발견하고 창을 넘어 나왔다든가 방문을 열고 나왔다든가 왜 나왔느냐 하는 어리석은 생각에 두뇌를 괴롭게 할 필요는 없는 것이다. 다만 귀뜨람이 울음에도 수줍어지는 코쓰모쓰 앞에 그윽히 서서 닥터·삐링쓰의 동상 그림자처럼 슬퍼지면 그만이다. 나는 이 마음을 아무에게나 전가시킬 심보는 없다. 옷깃은 민감敏感이어서 달빛에도 싸늘히 추워지고 가을 이슬이란 선득선득하여서 설은 사나이의 눈물인 것이다.

발걸음은 몸뚱이를 옮겨 못가에 세워줄 때 못 속에도 역시 가을이 있고, 삼경三更이 있고, 나무가 있고, 달이 있다.

그 찰나 가을이 원망스럽고 달이 미워진다. 더듬어 돌을 찾아

양귀비 들판

오베르쉬르우아즈 1890

캔버스에 유채

헤이그시립미술관

달을 향하야 죽어라고 팔매질을 하였다. 통쾌! 달은 산산히 부서
지고 말았다. 그러나 놀랐든 물결이 자자들 때 오래잖아 달은 도
로 살아난 것이 아니냐, 문득 하늘을 쳐다보니 얄미운 달은 머리
위에서 빈정대는 것을………

    나는 곳곳한 나무가지를 고나 띠를 째서 줄을 매어 훌륭한 활을
만들었다. 그리고 좀 탄탄한 갈대로 화살을 삼아 무사武士의 마음
을 먹고 달을 쏘다.

(1938.10)

사이프러스 나무와
별이 있는 길

생레미 1890
캔버스에 유채
오테를로 크뢸러뮐러미술관

밤이다.

하늘은 푸르다 못해 농회색濃灰色으로 캄캄하나 별들만은 또렷또렷 빛난다. 침침한 어둠뿐만 아니라 오삭오삭 춥다. 이 육중한 기류 가운데 자조自嘲하는 한 젊은이가 있다. 그를 나라고 불러두자.

나는 이 어둠에서 배태胚胎되고 이 어둠에서 생장生長하여서 아직도 이 어둠속에 그대로 생존生存하나 보다. 이제 내가 갈 곳이 어딘지 몰라 허우적거리는 것이다. 하기는 나는 세기世紀의 초점인 듯 초췌하다. 얼핏 생각하기에는 내 바닥을 반듯이 받들어 주는 것도 없고 그렇다고 내 머리를 갑박이 나려누르는 아무것도 없는 듯하다 마는 내막은 그렇지도 않다. 나는 도무지 자유스럽지 못하다. 다만 나는 없는 듯 있는 하루살이처럼 허공에 부유浮遊하는 한 점에 지나지 않는다. 이것이 하루살이처럼 경쾌하다면 마침 다행할 것인데 그렇지를 못하구나!

이 점의 대칭 위치에 또 하나 다른 밝음明의 초점이 도사리고 있는 듯 생각된다. 덥석 웅키었으면 잡힐 듯도 하다.

마는 그것을 휘잡기에는 나 자신이 둔질鈍質이라는 것보다 오히려 내 마음에 아무런 준비도 배포치 못한 것이 아니냐. 그리고 보니 행복이란 별스런 손님을 불러 들이기에도 또 다른 한 가닥 구실을 치르지 않으면 안 될까 보다.

이 밤이 나에게 있어 어릴 적처럼 한낱 공포의

까마귀가 있는 밀밭

오베르쉬르우아즈 1890

캔버스에 유채

암스테르담 반고흐미술관

장막인 것은 벌써 흘러간 전설이오. 따라서 이 밤이 향락의 도가니라는 이야기도 나의 염원에선 아직 소화시키지 못할 돌덩이다. 오로지 밤은 나의 도전의 호적好敵이면 그만이다.

이것이 생생한 관념세계에만 머물은다면 애석한 일이다. 어둠 속에 깜박깜박 조을며 다닥다닥 나란이한 초가들이 아름다운 시의 화사華詞가 될 수 있다는 것은 벌써 지나간 제너레이션의 이야기요, 오늘에 있어서는 다만 말 못하는 비극의 배경이다.

이제 닭이 홰를 치면서 맵짠 울음을 뽑아 밤을 쫓고 어둠을 줏내몰아 동켠으로 훠―ㄴ히 새벽이란 새로운 손님을 불러온다 하자. 하나 경망스럽게 그리 반가워할 것은 없다. 보아라 가령 새벽이 왔다 하더래도 이 마을은 그대로 암담하고 나도 그대로 암담하고 하여서 너나 나나 이 가랑지길에서 주저주저 아니치 못할 존재들이 아니냐.

나무가 있다.

그는 나의 오랜 이웃이요 벗이다. 그렇다고 그와 내가 성격이나 환경이나 생활이 공통한 데 있어서가 아니다. 말하자면 극단과 극단 사이에도 애정이 관통할 수 있다는 기적적인 교분交分의 표본에 지나지 못할 것이다.

나는 처음 그를 퍽 불행한 존재로 가소롭게 여겼다. 그의 앞에 설 때 슬퍼지고 측은한 마음이 앞을 가리곤 하였다. 마는 돌이켜 생각컨대 나무처럼 행복한 생물은 다시 없을 듯하다. 굳음에는 이루 비길 데 없는 바위에도 그리 탐탁치는 못할망정 자양분이 있다 하거늘 어디로 간들 생生의 뿌리를 박지 못하며 어디로 간들 생활의 불평이 있을소냐, 칙칙하면 솔솔 솔바람이 불어오고, 심심하면 새가 와서 노래를 부르다 가고, 촐촐하면 한줄기 비가 오고, 밤이면 수많은 별들과 오손도손 이야기할 수 있고――보다 나무는 행

외젠 보흐의 초상화

아를 1888
캔버스에 유채
파리 오르세미술관

동의 방향이란 거치장스런 과제에 봉착하지 않고 인위적으로든 우연으로서든 탄생시켜 준 자리를 지켜 무진무궁無盡無窮한 영양소를 흡취吸取하고 영롱한 햇빛을 받아들여 손쉽게 생활을 영위하고 오로지 하늘만 바라고 뻗어질 수 있는 것이 무엇보다 행복스럽지 않으냐.

이 밤도 과제를 풀지 못하야 안타까운 나의 마음에 나무의 마음이 점점 옮아오는 듯하고, 행동할 수 있는 자랑을 자랑치 못함에 뼈저리듯 하나 나의 젊은 선배의 웅변에 왈曰 선배도 믿지 못할 것이라니 그러면 영리한 나무에게 나의 방향을 물어야 할 것인가.

어디로 가야 하느냐 동東이 어디냐 서西가 어디냐 남南이 어디냐 아차! 저 별이 번쩍 흐른다. 별똥 떨어진 데가 내가 갈 곳인가 보다. 하면 별똥아! 꼭 떨어져야 할 곳에 떨어져야 한다.

언덕을 관통하는
길 위의 포플러 나무

생레미 1889
캔버스에 유채
클리블랜드미술관

개나리, 진달래, 안즌방이, 라일락, 문들레, 찔레, 복사, 들장미, 해당화, 모란, 릴리, 창포, 추립, 카네슌, 봉선화, 백일홍, 채송화, 다리아, 해바라기, 코쓰모쓰*——코쓰모쓰가 홀홀히 떨어지는 날 우주의 마지막은 아닙니다. 여기에 푸른 하늘이 높아지고 빨간 노란 단풍이 꽃에 못지않게 가지마다 물들었다가 귀또리 울음이 끊어짐과 함께 단풍의 세계가 무너지고, 그 위에 하룻밤 사이에 소복이 흰눈이 나려나려 쌓이고 화로에는 빨간 숯불이 피어오르고 많은 이야기와 많은 일이 이 화로가에서 이루어집니다.

독자 제현! 여러분은 이 글이 씌어지는 때를 독특한 계절로 짐작해서는 아니됩니다. 아니, 봄, 여름, 가을, 겨울, 어느 철로나 상정하셔도 무방합니다. 사실 일 년 내내 봄일 수는 없습니다. 하나 이 화원에는 사철내 봄이 청춘들과 함께 싱싱하게 등대하여 있다고 하면 과분한 자기선전일까요. 하나의 꽃밭이 이루어지도록 손쉽게 되는 것이 아니라 고생과 노력이 있어야 하는 것입니다. 딴은 얼마의 단어를 모아 이 졸문을 지적거리는 데도 내 머리는 그렇게 명철한 것이 못됩니다. 한 해 동안을 내 두뇌로서가 아니라 몸으로서 일일이 헤아려 세포 사이마다 간직해 두어서야 몇 줄의 글이 이루어집니

화원에 꽃이 핀다

* 꽃이름 중 안즌방이는 '앉은뱅이', 문들레는 '민들레', 추립은 '튤립', 카네슌은 '카네이션', 다리아는 '달리아', 코쓰모쓰는 '코스모스'이다.

생폴 병원 정원

생레미 1889
캔버스에 유채
오테를로 크뢸러뮐러 미술관

다. 그리하야 나에게 있어 글을 쓴다는 것이 그리 즐거운 일일 수는 없습니다. 봄바람의 고민에 짜들고 녹음의 권태에 시들고, 가을 하늘 감상에 울고, 노변爐邊의 사색에 졸다가 이 몇 줄의 글과 나의 화원과 함께 나의 일 년은 이루어집니다.

시간을 먹는다는 (이 말의 의의와 이 말의 묘미는 칠판 앞에 서보신 분과 칠판 밑에 앉아 보신 분은 누구나 아실 것입니다) 것은 확실히 즐거운 일임이 틀림 없습니다. 하루를 휴강한다는 것보다 (하긴 슬그머니 까먹어 버리면 그만이지만) 다못 한 시간, 숙제를 못해왔다든가 따분하고 졸리고 한 때, 한 시간의 휴강은 진실로 살로 가는 것이어서, 만일 교수가 불편하여서 못 나오셨다고 하더라도 미처 우리들의 예의를 갖출 사이가 없는 것입니다. 그러나 이것을 우리들의 망발과 시간의 낭비라고 속단하셔서 아니됩니다. 여기에 화원이 있습니다. 한 포기 푸른 풀과 한 떨기의 붉은 꽃과 함께 웃음이 있습니다. 노―트장을 적시는 것보다 한우충동汗牛充棟에 묻혀 글줄과 씨름 하는 것보다 더 정확한 진리를 탐구할 수 있을런지, 보다 더 많은 지식을 획득할 수 있을런지, 보다 더 효과적인 성과가 있을지를 누가 부인하겠습니까.

나는 이 귀한 시간을 슬그머니 동무들을 떠나서 단 혼자 화원을 거닐 수 있습니다. 단 혼자 꽃들과 풀들과 이야기할 수 있다는 것이 얼마나 다행한 일이겠습니까. 참말 나는 온정으로 이들을 대할 수 있고 그들은 나를 웃음으로 맞어 줍니다. 그 웃음을 눈물로 대한다는 것은 나의 감상일까요. 고독, 정적도 확실히 아름다운 것임에 틀림이 없으나, 여기에 또 서로 마음을 주는 동무가 있는 것도 다행한 일이 아닐 수 없습니다. 우리 화원 속에 모인 동무들 중에, 집에 학비를 청구하는 편지를 쓰는 날 저녁이면 생각하고 생각하든 끝 겨우 몇 줄 써 보낸다는 A군, 기뻐해야 할 서류(통칭 월급

오베르의 정원

오베르쉬르우아즈 | 1890

캔버스에 유채

개인 소장

봉투)를 받어든 손이 떨린다는 B군, 사랑을 위하여서는 밥맛을 잃고 잠을 잊어버린다는 C군, 사상적思想的 당착撞着에 자살을 기약한다는 D군…… 나는 이 여러 동무들의 갸륵한 심정을 내 것인 것처럼 이해할 수 있습니다. 서로 너그러운 마음으로 대할 수 있습니다.

나는 세계관, 인생관, 이런 좀더 큰 문제보다 바람과 구름과 햇빛과 나무와 우정, 이런 것들에 더 많이 괴로워해 왔는지도 모르겠습니다. 단지 이 말이 나의 역설逆說이나 나 자신을 흐리우는 데지날 뿐일까요. 일반은 현대 학생 도덕이 부패했다고 말합니다. 스승을 섬길 줄을 모른다고들 합니다. 옳은 말씀들입니다. 부끄러울 따름입니다. 하나 이 결함을 괴로워하는 우리들 어깨에 지워 광야로 내쫓아 버려야 하나요, 우리들의 아픈 데를 알아주는 스승, 우리들의 생채기를 어루만져 주는 따뜻한 세계가 있다면 박탈된 도덕일지언정 기울여 스승을 진심으로 존경하겠습니다. 온정의 거리에서 원수를 만나면 손목을 붙잡고 목놓아 울겠습니다.

세상은 해를 거듭 포성에 떠들썩하건만 극히 조용한 가운데 우리들 동산에서 서로 융합할 수 있고 이해할 수 있고 종전從前의 X가 있는 것은 시세時勢의 역효과일까요.

봄이 가고, 여름이 가고, 가을, 코쓰모쓰가 홀홀히 떨어지는 날 우주의 마지막은 아닙니다. 단풍의 세계가 있고——이상이견빙지履霜而堅氷至——서리를 밟거든 얼음이 굳어질 것을 각오하라가 아니라, 우리는 서릿발에 끼친 낙엽을 밟으면서 멀리 봄이 올 것을 믿습니다.

노변爐邊에서 많은 일이 이뤄질 것입니다.

정원의 마르그리트 가셰

오베르쉬르우아즈 | 1890

캔버스에 유채

파리 오르세미술관

종점終点이 시점始点이 된다. 다시 시점이 종점이 된다.

아침 저녁으로 이 자국을 밟게 되는데 이 자국을 밟게 된 연유가 있다. 일찍이 서산대사가 살았을 듯한 우거진 송림 속, 게다가 덩그러시 살림집은 외따로 한 채뿐이었으나 식구로는 굉장한 것이어서 한 지붕 밑에서 팔도 사투리를 죄다 들을 만큼 모아놓은 미끈한 장정들만이 욱실욱실하였다. 이곳에 법령은 없었으나 여인금납구女人禁納區였다. 만일 강심장의 여인이 있어 불의의 침입이 있다면 우리들의 호기심을 저윽히 자아내었고, 방마다 새로운 화제가 생기곤 하였다. 이렇듯 수도修道생활에 나는 소라 속처럼 안도하였든 것이다.

사건이란 언제나 큰 데서 동기가 되는 것보다 오히려 적은 데서 더 많이 발작하는 것이다.

눈 온 날이었다. 동숙하는 친구의 친구가 한 시간 남짓한 문門안 들어가는 차 시간까지를 낭비하기 위하야 나의 친구를 찾어 들어와서 하는 대화였다.

「자네 여보게 이 집 귀신이 되려나?」

「조용한 게 공부하기 작히나 좋잖은가」

「그래 책장이나 뒤적뒤적하면 공분줄 아나. 전차간에서 내다 볼 수 있는 광경, 정거장에서 맛볼 수 있는 광경, 다시 기차 속에서 대할 수 있는 모든 일들이 생활 아닌 것이 없거든. 생활 때문에 싸우는 이 분위기에 잠겨서, 보고, 생각하고, 분석하고, 이거야말로 진정한 의미의 교육이 아니겠는가. 여보

종시

프랑스 소설책과
장미가 있는 정물

파리 1887

캔버스에 유채

개인 소장

게! 자네 책장만 뒤지고 인생이 어드렇니 사회가 어드렇니 하는 것은 16세기에서나 찾어볼 일일세. 단연 문ㅁㅁ안으로 나오도록 마음을 돌리게」

나 한테 하는 권고는 아니었으나 이 말에 귀틈이 뚫려 상푸둥 그러리라고 생각하였다. 비단 여기만이 아니라 인간을 떠나서 도를 닦는다는 것이 한낱 오락이요, 오락이매 생활이 될 수 없고, 생활이 없으매 이 또한 죽은 공부가 아니랴. 하야 공부도 생활화하여야 되리라 생각하고 불일내에 문안으로 들어가기를 내심으로 단정해 버렸다. 그 뒤 매일같이 이 자국을 밟게 된 것이다.

나만 일찍이 아침 거리의 새로운 감촉을 맛볼 줄만 알었더니 벌써 많은 사람들의 발자욱에 포도鋪道는 어수선할 대로 어수선했고, 정류장에 머물 때마다 이 많은 무리를 죄다 꾸역꾸역 자꾸 박아 싣는데 늙은이 젊은이 아이 할 것 없이 손에 꾸러미를 안 든 사람은 없다. 이것이 그들 생활의 꾸러미요, 동시에 권태의 꾸러민지도 모르겠다.

이 꾸러미를 든 사람들의 얼굴을 하나하나씩 뜯어보기로 한다. 늙은이 얼굴이란 너무 오래 세파에 짜들어서 문제도 안 되겠거니와 그 젊은이들 낯짝이란 도무지 말씀이 아니다. 열이면 열이 다 우수憂愁 그것이요, 백이면 백이 다 비참 그것이다. 이들에게 웃음이란 가물에 콩싹이다. 필경 귀여우리라는 아이들의 얼굴을 보는 수밖에 없는데 아이들의 얼굴이란 너무나 창백하다. 혹시 숙제를 못해서 선생한테 꾸지람 들을 것이 걱정인지 풀이 죽어 쭈그러뜨린 것이 활기란 도무지 찾아볼 수 없다. 내 상도 필연코 그 꼴일 텐데 내 눈으로 그 꼴을 보지 못하는 것이 다행이다. 만일 다른 사람의 얼굴을 보듯 그렇게 자주 내 얼굴을 대한다고 할 것 같으면 벌써 요사하였을런지도 모른다.

아를의 댄스 홀

아를 1888

캔버스에 유채

파리 오르세미술관

284

나는 내 눈을 의심하기로 하고 단념하자!

차라리 성벽 위에 펼친 하늘을 쳐다보는 편이 더 통쾌하다. 눈은 하늘과 성벽 경계선을 따라 자꾸 달리는 것인데 이 성벽이란 현대現代로서 캄푸라지*한 옛 금성禁城이다. 이 안에서 어떤 일이 이루어졌으며 어떤 일이 행하여지고 있는지 성城밖에서 살아왔고 살고 있는 우리들에게는 알 바가 없다. 이제 다만 한 가닥 희망은 이 성벽이 끊어지는 곳이다.

기대는 언제나 크게 가질 것이 못되어서 성벽이 끊어지는 곳에 총독부, 도청, 무슨 참고관, 체신국, 신문사, 소방조, 무슨 주식회사, 부청府廳, 양복점, 고물상 등 나란히 하고 연달아 오다가 아이스케이크 간판에 눈이 잠깐 머무는데 이놈을 눈 나린 겨울에 빈 집을 지키는 꼴이라든가, 제 신분에 맞지 않는 가게를 지키는 꼴을 살짝 필름에 올리어 본달 것 같으면 한 폭의 고등 풍자만화가 될 터인데 하고 나는 눈을 감고 생각하기로 한다. 사실 요즈음 아이스케이크 간판 신세를 면치 아니치 못할 자 얼마나 되랴. 아이스케이크 간판은 정열에 불타는 염서炎暑가 진정코 아수롭다.

눈을 감고 한참 생각하느라면 한 가지 꺼리끼는 것이 있는데 이것은 도덕률이란 거추장스러운 의무감이다. 젊은 녀석이 눈을 딱 감고 버티고 앉아 있다고 손가락질하는 것 같아야 번쩍 눈을 떠본다. 하나 가차이 자선할 대상이 없음에 자리를 잃지 않겠다는 심정보다 오히려 아니꼽게 본 사람이 없었으리란 데 안심이 된다.

이것은 과단성 있는 동무의 주장이지만 전차에서 만난 사람은 원수요, 기차에서 만난 사람은 지기라는 것이다. 딴은 그러리라고

* 카무플라주Camouflage : 불리하거나 부끄러운 것이 드러나지 않도록 의도적으로 꾸미는 일. '위장'.

클리시 거리

파리 1887

캔버스에 유채

암스테르담 반고흐미술관

얼마큼 수긍하였었다. 한자리에서 몸을 비비적거리면서도 「오늘은 좋은 날씨올시다.」 「어디서 내리시나요」쯤의 인사는 주고 받을 법한데, 일언반구 없이 뚱—한 꼴들이 작히나 큰 원수를 맺고 지내는 사이들 같다. 만일 상냥한 사람이 있어 요만큼의 예의를 밟는다고 할 것 같으면, 전차 속의 사람들은 이를 정신이상자로 대접할 게다. 그러나 기차에서는 그렇지 않다. 명함을 서로 바꾸고 고향 이야기, 행방 이야기를 거리낌 없이 주고 받고 심지어 남의 여로를 자기의 여로인 것처럼 걱정하고, 이 얼마나 다정한 인생행로냐.

이러는 사이에 남대문을 지나쳤다. 누가 있어 「자네 매일같이 남대문을 두 번씩 지날 터인데 그래 늘 보곤 하는가」라는 어리석은 듯한 멘탈 테스트를 낸다면 나는 아연해지지 않을 수 없다. 가만히 기억을 더듬어 본달 것 같으면 늘이 아니라 이 자국을 밟은 이래 그 모습을 한번이라도 쳐다본 적이 있었든 것 같지 않다. 하기는 나의 생활에 긴한 일이 아니매 당연한 일일 게다. 하나 여기에 하나의 교훈이 있다. 횟수가 너무 잦으면 모든 것이 피상적이 되어 버리나니라.

이것과는 관련이 먼 이야기 같으나 무료한 시간을 까기 위하여 한마디 하면서 지나가자.

시골서는 내로라고 하는 양반이었든 모양인데 처음 서울 구경을 하고 돌아가서 며칠 동안 배운 서울 말씨를 섣불리 써가며 서울 거리를 손으로 형용하고 말로써 떠벌여 옮겨 놓드란데, 정거장에 턱 내리니 앞에 고색이 창연한 남대문이 반기는 듯 가로 막혀 있고, 총독부집이 크고, 창경원에 백 가지 금수가 봄즉했고, 덕수궁의 옛 궁전이 회포를 자아냈고, 화신和信 승강기는 머리가 힝—했고, 본정本町엔 전등이 낮처럼 밝은데 사람이 물 밀리듯 밀리고

트랭크타유 다리

아를 1888

캔버스에 유채

개인 소장

전차란 놈이 윙윙 소리를 지르며 지르며 연달아 달리고— 서울이
자기 하나를 위하야 이루어진 것처럼 우쭐 했는데 이것쯤은 있을
듯한 일이다. 한데 게도 방정꾸러기가 있어

「남대문이란 현판이 참 명필이지요.」

하고 물으니 대답이 걸작이다.

「암 명필이구 말구. 남南자 대大자 문門자 하나하나 살아서 막 꿈
틀거리는 것 같데.」

어느 모로나 서울 자랑하려는 이 양반으로서는 가당한 대답일 게
다. 이분에게 아현동 고개 막바지에, —아니 치벽한 데 말고, —가
차이 종로 뒷골목에 무엇이 있든가를 물었드면 얼마나 당황해 했으
랴.

나는 종점을 시점으로 바꾼다.

내가 내린 곳이 나의 종점이오. 내가 타는 곳이 나의 시점이 되
는 까닭이다. 이 짧은 순간 많은 사람들 속에 나를 묻는 것인데 나
는 이네들에게 너무나 피상적이 된다. 나의 휴머니티를 이네들에
게 발휘해낸다는 재주가 없다. 이네들의 기쁨과 슬픔과 아픈 데를
나로서는 측량한다는 수가 없는 까닭이다. 너무 막연하다. 사람이
란 횟수가 잦은 데와 양이 많은 데는 너무나 쉽게 피상적이 되나
보다. 그럴수록 자기 하나 간수하기에 분망하나보다.

씨그낼을 밟고 기차는 왱— 떠난다. 고향으로 향한 차도 아니건
만 공연히 가슴은 설렌다. 우리 기차는 느릿느릿 가다 숨차면 가
假정거장에서도 선다. 매일같이 웬 여자들인지 주룽주룽 서 있다.
제마다 꾸러미를 안었는데 예의 그 꾸러민듯 싶다. 다들 방년된
아가씨들인데 몸매로 보아 하니 공장으로 가는 직공들은 아닌 모
양이다. 얌전히들 서서 기차를 기다리는 모양이다. 판단을 기다리
는 모양이다. 하나 경망스럽게 유리창을 통하여 미인판단을 내려

아니에르의 리스팔 레스토랑

파리 1887

캔버스에 유채

캔자스시티 넬슨앳킨스미술관

서는 안 된다. 피상적 법칙이 여기에도 적용될지 모른다. 투명한 듯하나 믿지 못할 것이 유리다. 얼굴을 찌깨논 듯이 한다든가 이마를 좁다랗게 한다든가 코를 말코로 만든다든가 턱을 조개턱으로 만든다든가 하는 악희惡戱를 유리창이 때때로 감행하는 까닭이다. 판단을 내리는 자에게는 별반 이해관계가 없다손 치더라도 판단을 받는 당자當者에게 오려든 행운이 도망갈런지를 누가 보장할소냐. 여하간 아무리 투명한 꺼풀일지라도 깨끗이 벗겨버리는 것이 마땅할 것이다.

이윽고 터널이 입을 벌리고 기다리는데 거리 한가운데 지하철도도 아닌 터널이 있다는 것이 얼마나 슬픈 일이냐. 이 터널이란 인류역사의 암흑시대요, 인생행로의 고민상이다. 공연히 바퀴소리만 요란하다. 구역날 악질의 연기가 스며든다. 하나 미구에 우리에게 광명의 천지가 있다.

터널을 벗어났을 때 요즈음 복선複線공사에 분주한 노동자들을 볼 수 있다. 아침 첫차에 나갔을 때에도 일하고 저녁 늦차에 들어올 때에도 그네들은 그대로 일하는데 언제 시작하야 언제 그치는지 나로서는 헤아릴 수 없다. 이네들이야말로 건설의 사도들이다. 땀과 피를 아끼지 않는다.

그 육중한 도락구*를 밀면서도 마음만은 요원한 데 있어 도락구 판장에다 서투른 글씨로 신경행이니 북경행이니 남경행이니 라고 써서 타고 다니는 것이 아니라 밀고 다닌다. 그네들의 마음을 엿볼 수 있다. 그것이 고력苦力에 위안이 안 된다고 누가 주장하랴.

이제 나는 곧 종시를 바꿔야 한다. 하나 내 차에도 신경행, 북경

* 도락구 : 일본어로 '트럭'을 일컫는 말.

아니에르의 공장들

파리
1887

캔버스에 유채

필라델피아 반스 재단

행, 남경행을 달고 싶다. 세계일주행이라고 달고 싶다. 아니 그보
다도 진정한 내 고향이 있다면 고향행을 달겠다. 도착하여야 할
시대의 정거장이 있다면 더 좋다.

자화상

파리 1887

마분지에 유채

시카고아트인스티튜트

#8

나중에 발굴된 시

yun
1940. 5 Vincent

가
슴

2

늦은 가을 쓰르라미
숲에 세워 공포에 떨고
웃음 머금은 달 생각이
도망가오.

(1935)

가을 풍경

1885년

패널 위 캔버스에 유채

케임브리지 피츠윌리엄박물관

창구멍

바람 부는 새벽에 장터 가시는
우리 아빠 뒷자취 보고 싶어서
춤을 발려 뚫어논 작은 창구멍
아롱 아롱 아침해 비치웁니다.
×
눈 나리는 저녁에 나무 팔러간
우리 아빠 오시나 기다리다가
혀끝으로 뚫어논 작은 창구멍
살랑 살랑 찬바람 날아듭니다.

(1936. 추정)

회색 펠트 모자를 쓴 자화상

파리 1887-1888

캔버스에 유채

암스테르담 반고흐미술관

300

개
2

「이 개 더럽잖니」
아—니 이웃집 덜렁 수캐가
오늘 어슬렁어슬렁 우리 집으로 오더니
우리 집 바둑이의 밑구멍에다 코를 대고
씩씩 내를 맡겠지 더러운 줄도 모르고,
보기 흉해서 막 차며 욕해 쫓았더니
꼬리를 휘휘 저으며
너희들보다 어떻겠냐 하는 상으로
뛰어 가겠지요. 나—참.

(1937. 추정)

여자 두 명과
사이프러스 나무
생레미 1889
캔버스에 유채
오테를로 크뢸러뮐러 미술관

울적

처음 피워본 담배 맛은
아침까지 목 안에서 간질간질 타.

어젯밤에 하도 울적하기에
가만히 한 대 피워 보았더니.

(1937)

반 고흐의 의자

아를 1888

캔버스에 유채

런던 내셔널갤러리

정각! 마음에 아픈 데 있어 고약을 붙이고
시들은 다리를 끄을고 떠나는 행장.
—기적이 들리잖게 운다.
사랑스런 여인이 타박타박 땅을 굴려 쫓기에
하도 무서워 상가교를 기어 넘다.
—이제로부터 등산철도
이윽고 사색의 포플러 터널로 들어간다.
시라는 것을 반추하다. 마땅히 반추하여야 한다.
—저녁 연기가 노을로 된 이후
휘파람 부는 햇귀뚜라미의
노래는 마디마디 끊어져
그믐달처럼 호젓하게 슬프다.
늬는 노래 배울 어머니도 아버지도 없나보다.
—늬는 다리 가는 쬐그만 보헤미안,
내사 보리밭 동리에 어머니도
누나도 있다.
그네는 노래 부를 줄 몰라

오늘밤도 그윽한 한숨으로 보내리니—

(1937)

야
행

가을의 포플러 나무 거리

뇌년 1884
패널 위 캔버스에 유채
암스테르담 반 고흐 미술관

「어 — 얼마나 반가운 비냐」
할아버지의 즐거움.

비
ㅅ
뒤

가물 들었던 곡식 자라는 소리
할아버지 담배 빠는 소리와 같다.

비ㅅ뒤의 해ㅅ살은
풀잎에 아름답기도 하다.

(1937)

담뱃대를 문 자화상

파리 1886

캔버스에 유채

암스테르담 반고흐미술관

어머니!
젖을 빨려 이 마음을 달래여주시오.
이 밤이 자꾸 서러워지나이다.

이 아이는 턱에 수염자리 잡히도록
무엇을 먹고 자랐나이까?
오늘도 흰 주먹이
입에 그대로 물려있나이다.

어
머
니

어머니
부서진 납인형도 쓰러진지
벌써 오랩니다.

철비가 후누주군이 나리는 이 밤을
주먹이나 빨면서 새우리까?
어머니! 그 어진 손으로
이 울음을 달래여주시오.

(1938)

남자는 바다에 있다
(드몽 브르통 모사)

생레미 1889

캔버스에 유채

개인소장

가로수, 단촐한 그늘 밑에
구두술 같은 혓바닥으로
무심히 구두술을 핥는 시름.

때는 오정. 사이렌,
어디로 갈 것이냐?

□시 그늘은 맴돌고.
따라 사나이도 맴돌고.

가
로
수

동주와 반 고흐
영혼의 시화전

초판 인쇄   2025년 2월 11일
초판 발행   2025년 2월 16일

글   윤동주
그림   빈센트 반 고흐
펴낸이   김상철
발행처   스타북스
등록번호   제300-2006-00104호
주소   서울시 종로구 종로 19 르메이에르종로타운 A동 907호
전화   02) 735-1312
팩스   02) 735-5501
이메일   starbooks22@naver.com

ISBN   979-11-5795-758-3 03810